Robert Palfrader
Ein paar Leben später

ROBERT PALFRADER

Ein paar Leben später

Roman

ueberreuter

Mit freundlicher Unterstützung durch
Bundesministerium
Kunst, Kultur,
öffentlicher Dienst und Sport

Danke, dass Sie sich für unser Buch entschieden haben.
Mehr über unsere Bücher erfahren Sie auf Facebook, Instagram oder abonnieren Sie unseren Newsletter auf www.ueberreuter.at.

1. Auflage 2024

ISBN 978-3-8000-7858-5 (print)
ISBN 978-3-8000-8235-3 (e-book)

Covergestaltung: Saskia Beck, s-stern.com
Coverfoto: © privat
Satz: Lisa Wilfinger | Carl Ueberreuter Verlag
Lektorat: Marina Hofinger
Druck und Bindung: CPI books GmbH, 25917 Leck

www.ueberrreuter.at

Für Gio

Vorwort

Sie machen sich keine Vorstellung davon, wie oft ich die Unwahrheit erzählen werde müssen, um die Geschichte der Familie meines Vaters glaubhaft erscheinen lassen zu können. Denn die ganze Wahrheit kann ich niemandem zumuten, dafür ist sie zu absurd.

Es besteht natürlich auch die Gefahr, dass sie als bloße Fantasie eines offenbar Verrückten abgetan werden könnte, niemand mir Glauben schenken wird. Denn die Vorkommnisse erscheinen wie eine lächerliche Aneinanderreihung von Unwahrscheinlichkeiten, die nur dazu dienen sollen, die Eitelkeit des Erzählers zu befriedigen.

Und natürlich gibt es Leute, die Ihnen versichern werden, dass sie genau wissen, was damals passiert ist. Die behaupten werden, die beteiligten Personen gekannt zu haben, im Besitz von Beweisen zu sein. Mit ein Grund dafür, weshalb es so viele Versionen dieser Geschichte gibt.

Aber nur ich weiß, was wirklich passiert ist. Nur ich weiß, welch absurde Zufälle letztendlich zu meiner Existenz geführt haben.

Das ist die Geschichte meiner Familie. Also der Familie meines Vaters aus dem ladinischen Teil Südtirols.

Aber weil das Volk der Ladiner nicht allzu bekannt ist, ein paar – ganz unwissenschaftliche – Worte über seine Geschichte. Denn die ist nicht ganz unwesentlich für diese Geschichte.

Die Ladiner sind ein kleines rätoromanisches Volk in den Dolomiten mit eigener Sprache. Eine Minderheit im nördlichen Italien, nicht mehr als 35.000 Leute.

Ihre Ortsnamen sind bekannter als das Volk selbst. Alta Badia, Gröden, Cortina d'Ampezzo sind, dank des Wintersports, weit über die Landesgrenzen hinaus bekannt. Ursprünglich waren diese Orte von einem Mischvolk aus Kelten und Rätern bewohnt, über das man nicht viel weiß. Zumindest nicht über die Räter.

Vermutlich zum Teil Etrusker, die bei der Expansion Roms nach Norden in die Berge vertrieben wurden. Wie gesagt: So genau weiß man das nicht. Und die Tatsache, dass sie das etruskische Alphabet verwendet haben und auch deren Götter angebetet wurden, heißt ja nicht viel.

Die Wissenschaft vermutet aber, dass die ladinischen Worte für den Weg, die Mure oder die Gams und einige andere etruskischen Ursprungs sein müssen. Denn sie sind weder keltischer noch romanischer Herkunft.

Egal wer oder was die Räter waren, der große Marcus Tullius Cicero hat jedenfalls keine besonders hohe Meinung über sie gehabt, sie für das kriegerischste aller Völker, ein raubendes und mordendes Bergvolk gehalten. Angesichts der Tatsache, dass die Römer beim Erobern der damals bekannten Welt doch ein paar Völker näher kennengelernt haben, ein beachtliches, zumindest erwähnenswertes Urteil.

Wann der römische Einfluss auf die Räter begonnen hat, das Vulgärlatein, wie es die einfachen Soldaten gesprochen haben, sich mit der Sprache der Räter vermischt hat, kann man sehr genau festmachen. Also auch den Zeitpunkt, ab dem man von den Rätoromanen spricht.

15 v. Christus hat es Kaiser Augustus offensichtlich gereicht. Die ständigen Besuche der Räter in Verona und Umgebung, ohne dort jemals eingeladen zu sein und ohne für die Dinge, die ihnen so gut gefallen haben, dass sie sie mitgenommen haben, zu bezahlen, wurden lästig.

Weshalb die Römer dort oben im Norden ein wenig für Ordnung sorgen wollten. Kurz: Rom ist dazu übergegangen, ihnen nicht nur auf die Finger zu klopfen, sondern ihnen kräftig eins auf den Schädel zu geben. Damit sie wissen, was Sache ist.

Und damit sich die Räter das auch merken, hat man sicherheitshalber nach dieser Disziplinierung ein Militärlager errichtet. Damit war Schluss mit Brandschatzen und Raubmorden und ungebetenen Besuchen in Verona und Umgebung.

Man hat es also den Römern zu verdanken, dass man heute im ladinischen Teil Südtirols kulinarisch bestens versorgt wird, wunderbar bergwandern oder Schi fahren kann. Ohne Angst haben zu müssen, dass man mit einem Bauchstich oder einer Schädelfraktur nach Hause fährt. Wobei es das eine oder andere Lokal geben soll, in denen die Pax Romana, der Augusteische Friede, noch immer nicht konsequent umgesetzt wird.

Wenn man sich vorstellen will, wie Rätoromanisch klingt, gibt es eine gute Referenz: die französische Sprache. Wie das Ladinische ist sie ebenfalls keltischen Ursprungs, ebenfalls ein Produkt der Romanisierung. Und das hört man, wenn man nicht ganz genau hinhört. Es gibt sogar einige Worte, die in Bedeutung und Klang nahezu ident sind.

So etwas wie politischen oder gar militärischen Einfluss hatten die Ladiner nie. Denn sie waren überwiegend Bergbauern, die den steilen Hängen eine Existenz abgetrotzt haben. Das Volk war auch viel zu klein und ihr Land gab kaum bis gar keine Bodenschätze her. Selbst der Ackerbau war, so hoch oben in den Bergen, sehr, sehr schwierig, mancherorts sogar unmöglich.

Bis auf den Handel mit Holz hat man der Welt da draußen also nicht viel zu bieten gehabt. Zu wenig jedenfalls, um sich gegen andere behaupten zu können. Weswegen die Ladiner unter dem Einfluss der Römer, später der katholischen Kirche, aber auch von Grafen und/oder Königen und auch von Kaisern standen. Je nachdem, wer gerade das Heft in der Hand hielt. Ladiner war jedenfalls keiner von denen, die das Sagen gehabt haben. Immer fremdbestimmt.

Offenbar wird so ein Volk stur, wenn über Jahrhunderte jemand von außen kommt und meint, Regeln aufstellen zu können. Denn im Laufe der Geschichte haben manche dieser Herrschenden versucht, das Sprechen des Ladinischen zu verbieten, was von wenig Erfolg gekrönt war.

Sie sprechen ihre Sprache noch immer. Was allerdings gelungen ist, ist die Umbenennung der Ortsnamen. Weswegen heute nahezu jedes ladinische Dorf drei Namen hat: einen ladinischen, einen deutschen und einen italienischen.

Unter der Regentschaft von Joseph II. wurden sogar einige Familiennamen eingedeutscht. Zu fremdländisch, zu italienisch hörten sich die Namen für die Beamten seiner Apostolischen Majestät an.

Um nur ein Beispiel von vielen zu nennen: Der Name Peraforada wurde von der Obrigkeit in Palfrader geändert. Seit damals trägt meine Familie diesen Namen.

Familie. Schwieriger Begriff. Denn wo Familie beginnt, ist leicht definiert, aber wo hört sie auf? Denn wenn man nur acht Generationen nach hinten blickt, sind das 256 direkte Vorfahren. Nicht, wenn man ein Habsburger ist, selbstverständlich. Da muss man mit der Hälfte zufrieden sein. Aber im Normalfall sind das 256 Leute, die ebenfalls aus ebenso vielen Familien stammen.

Welche dieser Familien ist jetzt die eigene? Oder sind es alle? Keine? Wie gesagt: schwierig! Und wer sind diese Leute, deren Schicksale, deren Entscheidungen, deren Glück und/oder Unglück dafür gesorgt haben, dass man ein paar Leben später – auf die eine oder andere Art – eine Existenz aufgezwungen bekommen hat?

Urgroßmutter Angela Craffonara

geb. Trebo, vulgo Angela dal Tabac

Angela kam im Juli 1882 als jüngstes von fünf Geschwistern auf die Welt. Ein Sommer, den sie lange nicht vergessen haben, in St. Vigil. Drei Wochen hatte es durchgeregnet. Die Wiesen wurden überschwemmt und der Bach, der damals noch durch die Ortschaft floss und noch nicht reguliert war, riss die Heuernte mit sich. Das Wasser aus den Brunnen konnte man auch nicht mehr trinken, ohne es vorher abzukochen.

Auch das Geburtshaus der Angela hatte damals großen Schaden genommen. Die Ciasa dal Tabac. Auf Deutsch: das Tabakhaus. Es heißt immer noch so. Obwohl es dort schon eine halbe Ewigkeit keinen Tabak mehr zu kaufen gibt.

Das Haus liegt gleich neben der Kirche von St. Vigil. Das einzige Haus neben der Kirche, wohlgemerkt. Und an dessen Stelle stand angeblich schon ein Haus, bevor es dort überhaupt eine Kirche gegeben hat.

Zur Zeit der Geburt von Angela ein Bauernhaus. Wahrscheinlich das kleinste von St. Vigil. Kaum zum Ernähren einer Familie geeignet. Ein winziger Gemüsegarten hinter dem Haus, gerade mal ein paar Quadratmeter groß und eine kleine Futterwiese, die so wenig Heu abwarf, dass man maximal eine Kuh und eine Ziege durch den Winter bringen konnte.

Viel mehr hätte auch nicht in den Stall gepasst, der ein Teil des Hauses war. Wand an Wand mit dem Vieh hat man gelebt, mit entsprechender Geruchsbegleitung. Aber das störte niemanden, der dort wohnte. Man kannte es ja nicht anders.

Wie der Name verrät, wurde im Haus mit Tabak gehandelt. Geschäftsräumlichkeiten gab es nicht, nur ein kleines, lieblos gezimmertes Kästchen, das gleich neben der Eingangstür hing. Das war's. Aber immerhin konnte man dort Pfeifen-, Kau- und Schnupftabak erwerben. Tabak niedriger Qualität selbstverständlich. Den feinen, teuren Tabak, wie er in Bruneck verkauft wurde, hätte sich auch niemand leisten können oder wollen. Oft klopfte es noch spät in der Nacht, wenn einer im Vollrausch seinen Tabakbeutel verloren hatte.

Was für andere ein Zusatzeinkommen bedeutet hätte, von dem man sich die eine oder andere Extravaganz leisten konnte, war für die Familie von Angela überlebensnotwendig. Jeder Kreuzer, der mit Tabak verdient wurde, half, die Mägen zu füllen.

Vor allem die Winter stellten die Familie jedes Jahr vor eine Herausforderung. Denn dann musste man sich eine Kuh vom Nachbarn ausborgen, sonst wäre es im Stall zu kalt geworden. Eine Kuh allein hätte nie genug Körperwärme erzeugen können, um den Stall auf erträglicher Temperatur zu halten, wäre erfroren. Die Ziege gleich mit, ohne eine Gastkuh. Als Gegenleistung musste die geborgte Kuh gemolken und die Milch an den Besitzer abgeliefert werden.

Im Keller war eine Werkstatt eingerichtet, in der Angelas Vater Schlitten reparierte und auf Bestellung auch baute. Es waren die großen Heuschlitten, mit denen man im Winter Heu von den hoch gelegenen Wiesen herunterbrachte.

Das Heu wurde nach der Mahd in kleinen luftdurchlässigen Hütten, die direkt auf der Wiese standen, zwischengelagert, bis der Schnee ermöglichte, das Heu ohne größeren Aufwand in die unten gelegenen Höfe zu bringen. Eine nicht ganz ungefährliche Arbeit. Jedes Jahr gab es Verletzte, manchmal Tote zu beklagen. Denn so ein eingeschneiter großer Stein war leicht zu übersehen, der Schlitten schwer zu steuern und kaum zu bremsen. Da gab es eine Menge zu reparieren nach einem Winter.

„Vor dem Oktober brauch ich den Schlitten nicht, Tabac", sagten die einen.

„Lass dir nur Zeit. Bezahlen tu ich, wenn ich ihn hol!", die anderen. Und wieder: eine Nebeneinkunft, die nicht viel einbrachte.

Mit ihrem ältesten Bruder, Paul, hat die Angela nur ein paar Jahre verbracht. Er war um fast neun Jahre älter als sie und hat, sobald es ihm möglich war, das Haus verlassen. Offenbar war ihm klar, dass hier nichts zu holen sein würde, er besser dran wäre, würde er sein Glück in der Welt da draußen suchen.

„Pass auf auf dich! Und ich werde jeden Tag beten für dich, damit dir nichts passiert", hat die Angela zum Abschied gesagt.

Mit dem Geld, das er sich als Hilfsarbeiter bei einem Bäcker in St. Lorenzen verdient hatte, ging er nach Triest. Alle paar Wochen kam ein kurzer, ziemlich lieblos formulierter und auch nicht besonders informativer Brief von ihm. „Es geht mir gut, habe Arbeit und ein sauberes Zimmer."

Dann kam gar nichts mehr. Ein Jahr lang hat man nicht gewusst, ob er noch lebt, und wenn ja, wo und wie. Jeden Tag nach der Schule lief die Angela zur Post und fragte, ob ein Brief vom Paul gekommen wäre. Nach ein paar Wochen klopfte sie nur noch an eines der Fenster, bekam ein Kopfschütteln als Antwort und ging in die Kirche, um für ihren Bruder zu beten.

Sein erstes und gleichzeitig letztes Lebenszeichen kam in Form eines Briefes aus der Kolonie Assab. Eine italienische Kolonie am ostafrikanischen Südufer des Roten Meeres, im heutigen Eritrea.

Der Ton des Briefes war ganz anders als bisher. Detailreich beschrieb der Bruder die Gegend, seine Arbeit, die Leute, Gerüche, Speisen und Pflanzen und wie glücklich er jetzt wäre. Er wisse zwar noch nicht wann, aber er würde sicher in ein paar Jahren nach Hause kommen, nachdem er sein Glück gemacht haben werde. Und demnächst würde er für alle Geschenke schicken.

Die Angela legte diesen Brief unter ihr Kopfkissen. Voll der Vorfreude auf die Geschenke und die Rückkehr des Bruders. Aber da kam nichts mehr. Kein Brief. Auch keine Geschenke. Nur eine Todesnachricht. Offenbar wurde er in einer Spelunke von einem Italiener im Streit erstochen, wie Zeugen berichteten. Der wäre dann geflüchtet, wurde nie gefunden.

Der Gedanke, dass ihr Bruder jetzt tot war und – in ihrer Vorstellung – mit an Sicherheit grenzender Wahrscheinlichkeit im Himmel, beruhigte die Angela. Sie wusste jetzt, wo er war und wie es ihm ging. Kein Grund, sich Sorgen zu machen. Was sollte ihm schon passieren?

„Er ist jetzt bei den Engeln", sagte die Mutter.

„Amen!", sagte die Angela.

Denn dass der Bruder jetzt im Himmel war, war der Angela Information genug, um froh für ihren Bruder zu sein.

Als die Angela neun Jahre alt war, erkrankten sie, ihr jüngerer Bruder Carlo und ihre beiden älteren Schwestern nicht nur zeitgleich, sondern auch gleichzeitig an Diphtherie und Scharlach. In den Wochen, die folgten, wurde die Sterbeglocke oft geläutet. Fast die Hälfte aller Kinder soll gestorben sein, in St. Vigil und auch in Enneberg.

Nicht nur, weil die Bevölkerung geschrumpft war, auch weil einige vom Glauben abgefallen waren, war die Kirche am Sonntag nicht mehr so gut besucht wie vor dem Ausbruch der Krankheit. Und die, die die Kirche besuchten, waren leise. Als wären die Ruhe und ihr Schweigen eine Art Vorwurf an einen Gott, der so etwas zulässt. Ein lautloser Protest gegen den da oben.

Die Angela konnte das viele Sterben nicht davon abhalten, jeden Tag zum Gebet und sonntags zur Messe zu gehen. Wahrscheinlich, weil sie überlebt und bei ihr das Rosenkranzbeten funktioniert hatte. Auch, als ihre beiden Schwestern starben, blieb ihr Glaube unerschütterlich.

„Die werden nicht genug gebetet haben. Wenn das Beten nicht fürs Überleben gereicht hat, reicht das dann fürs Himmelreich?", fragte sich die Angela.

Ihr Bruder Carlo überlebte ebenfalls. Allerdings nur knapp. Die Diphtherie hinterließ schwere Schäden an der Herzmuskulatur und den Nieren. Und diese Schäden begleiteten ihn für den Rest seines kurzen Lebens. Bei der Angela war die Krankheit ohne irgendwelche Folgen vorübergegangen.

Vielleicht war es der Tod des älteren Bruders in Afrika, vielleicht auch der Tod der Schwestern, die Angela zu einem tiefgläubigen Menschen gemacht haben. Vielleicht beides.

Jedenfalls wurde in ihr ein durch nichts und niemanden zu erschütterndes Vertrauen geweckt, dass der Allmächtige in seiner Gerechtigkeit, Güte und Weisheit immer einen Plan hatte, jedes Ereignis schon seinen Grund haben würde. Einen Grund, den der Mensch ihrer Meinung nach weder hinterfragen konnte noch sollte.

Ihr daraus resultierender Gleichmut wurde – nicht nur von ihrer Familie – als Gleichgültigkeit wahrgenommen, als Ignoranz allem und allen gegenüber. Damit tat man ihr aber unrecht. Sie sah das Leben einfach als Aufgabe, die man – so gottgefällig wie möglich – zu erledigen hatte, um sich der Belohnung durch ein ewiges Leben würdig zu erweisen. Nicht mehr und nicht weniger.

Dass ihr bei der Erledigung dieser Aufgabe deshalb zu wenig Zeit blieb, um auf dic Gefühle anderer zu achten, war nur logisch.

„Sie macht es sich zu einfach, mit ihrem Glauben", sagten die einen.

„Sie macht es sich einfach zu schwer, mit ihrem Glauben", die anderen.

Nachdem sie die Schule gleichermaßen mit einem Minimum an Talent wie Einsatz zu Ende gebracht hatte, bekam sie eine Stelle als Kindermädchen bei einem Richter in Bruneck. Die Frau des Richters war die einzige Tochter eines Notars und hatte ein Vermögen in die Ehe eingebracht. Entsprechend nobel war der Lebensstil, man hatte Personal für jeden Handgriff.

Angela bewunderte die Dame des Hauses, wie sie sprach, wie akribisch sie sich mit dem Messer einen Bissen auf ihrer Gabel richtete, mit nur einem Blick die Stubenmädchen tadelte. Die Angela begann, die Richtersgattin zu imitieren. Zuerst nur die Art, wie sie ging oder Türen öffnete. Später auch ihre Frisur und wie sie sprach. Das fiel aber nicht weiter auf, denn außer zu den Kindern hatte sie kaum Kontakt zu den anderen Bewohnern des Hauses. Auch nicht zu den Angestellten, denn die behandelten sie als Teil der Familie und mit entsprechender Distanz.

Nur der Richter hatte ihr hin und wieder etwas zu sagen. Allerdings brüllte er sie dann an. Was nicht weiter verwunderlich war, denn seine Kinder wussten sehr schnell und sehr genau, wie sie die Angela manipulieren, sie überlisten konnten, um ihren Willen durchzusetzen. Gegen jede im Haus geltende Regel.

Was zunehmend zu einem Problem wurde und den Hausherrn von Mal zu Mal zorniger werden ließ.

Eines Tages eskalierte die Situation. Die Schokolade, die Angela den Kindern zu essen gegeben hatte, wäre für eine Geburtstagstorte bestimmt gewesen und wurde von der Köchin verzweifelt gesucht. Dass der gesamte Vorrat in den Zimmern der Kinder verschwunden war, fiel erst auf, als sich die Kinder mehrmals übergeben mussten und die Mutter Nachschau hielt, was sie gegessen hatten.

Der Richter war außer sich. Mehr als zwei Kilogramm Schokolade hatte die Angela den Kindern gegeben. Die Erklärung der Angela, warum sie ihnen so unglaublich viel Schokolade gegeben hatte, machte den Richter sprach- und fassungslos. Sog ihm jede Kraft aus dem Körper.

Die Kinder hätten ihr erzählt, sie hätten zur Himmelsmutter gebetet, dass ihnen eine besonders fromme Frau Schokolade geben solle. Und sie neugierig wären, ob es in ihrem Haus eine wirklich fromme Frau gäbe, die es auch schaffen könnte, dass ein Gebet erhört werde. Deshalb habe sie auch nicht anders handeln können und musste ihnen die Schokolade geben.

Die Angela bat den Richter, doch einzusehen, dass Gebete, die nicht erhört werden, schlecht für alle wären. Nicht nur für die Kinder! Für alle im Haus! Ein bisschen Schokolade sei doch kein hoher Preis dafür, dass man den Teufel vom Haus ferngehalten habe. Nur ein erhörtes Gebet sei ein gutes Gebet!

„Verschwinde", sagte der Richter leise, aber so bedrohlich, als hätte der Teufel doch noch einen Weg ins Haus gefunden. Er konnte das religiöse Gerede dieses Mädels nicht mehr länger ertragen und setzte die Angela noch in derselben Minute vor die Türe.

Die Angela hat das nicht sonderlich gestört, sie wehrte sich nicht gegen die Entlassung. Im Gegenteil. Sie wollte ohnedies nicht mehr dort bleiben. Die Dame des Hauses konnte sie mittlerweile perfekt imitieren, hier gab es für sie nichts mehr zu lernen. Und viel zu wenig gebetet wurde dort!

„Und so jemand richtet? Nur Gott darf und kann richten! Nur er kann in die Herzen der Menschen schauen, weiß, wer in der Hölle brennen wird oder zumindest im Fegefeuer", hat sich die Angela gedacht.

Angst vor der Zukunft, Sorgen, wie es mit ihr weitergehen sollte, hatte sie nicht. Sie vertraute ganz auf Gott. Sie war mittlerweile 18 Jahre alt, und was sie im Spiegel sah, gefiel ihr.

„Eitelkeit ist zwar keine Todsünde, aber mit dem Hochmut eng verwandt. Und Hochmut ist eine Todsünde! Jedenfalls gehört es sich nicht, eitel zu sein. Aber was ich da im Spiegel sehe, könnte anderen auch gefallen!", hat sich die Angela gedacht. Eine Untertreibung. Denn die Angela war wunderschön und es war ihr auch bewusst. Ihr war klar, dass da demnächst eine Menge Kandidaten vorstellig werden würden, sie sich aussuchen würde können, wen sie heiraten würde.

Still ist es geworden, wenn sie sonntags nach der Kirche die Gaststube des Hotel Post betreten hat. Und

Tritte gegen die Schienbeine der Männer hat es gegeben. Von den Frauen, die genau sahen, wie ihre Männer die Angela beobachtet haben.

Nur kurz, nachdem sie die Stelle beim Richter verloren hatte und wieder ins Elternhaus zurückgekehrt war, ist der Vater verstorben. Unten in der Werkstatt. Offenbar zu viel vom Schnaps getrunken, den er hinter dem Regal mit den Stecheisen versteckt hatte. Oder zumindest glaubte, vor den Augen der Familie verstecken zu können.

Er muss an der Werkbank gestanden sein, denn die Flasche und das Glas standen noch genau dort. Er nicht, er ist gelegen. Muss kerzengerade, starr wie ein Brett nach hinten gefallen sein.

„Wenn es nicht das Herz war, dann der Aufprall des Schädels“, haben die einen gesagt.

„Ob Herz oder Schädel, tot ist tot“, die anderen.

„Er ist im Himmel bei den Engeln!“, die Angela.

Mit dem Tod des Vaters wurde das Leben im Tabakhaus schwieriger. Denn Carlo brauchte Hilfe in der Werkstatt. Allein schaffte er die Arbeit einfach nicht, dafür war sein Herz nicht stark genug. Und Hilfe kostet Geld, wenn sie regelmäßig gebraucht wird.

Als es der Mutter ein paar Wochen nach dem Tod ihres Mannes gesundheitlich immer schlechter ging, rief man einen Arzt. Lungenkrankheit lautete die Diagnose.

„Sie muss in ein Hospital. Hier kann ich nichts mehr für sie tun“, sagte der Arzt.

„Sie sollte nach Hause, hier können wir nichts mehr

für sie tun", sagten sie im Hospital. Zwei Tage später war sie tot. Die Nachricht aus dem Krankenhaus vom Tod der Mutter kam nahezu zeitgleich mit dem Brief des Tabakhändlers, der bislang das Tabakhaus mit Ware beliefert hatte. Er sähe sich außerstande, weiterhin zu liefern, weil ein viel größerer und wichtigerer Kunde in Bruneck darauf bestehen würde, exklusiv beliefert zu werden.

„Da kann man halt nichts machen, es ist Gottes Wille", hat die Angela gesagt.

„Nach all dem, was uns passiert ist, nach dem ganzen Unglück, muss ich mich schon wundern, wo du deinen Glauben hernimmst, Herrgottnocheinmal!", hat der Carlo gebrüllt und ging ins Bett. Er musste sich aber nicht lange wundern, er ist noch in derselben Nacht verstorben. Das Herz hat es nicht ausgehalten, das geballte Unglück.

Da war sie nun allein in dem Haus mit den feuchten Mauern und den undichten Fenstern. Mit einer Werkstatt, in der niemand mehr arbeitete. Mit einem Tabakkästchen, das leer war. Und einem Stall, der ebenfalls leer war. Denn die Kuh und die Ziege musste sie verkaufen, um die Begräbnisse bezahlen zu können und ein wenig Geld zu haben fürs Notwendigste.

Sowohl die Verwandtschaft als auch die Dorfgemeinschaft waren sehr großzügig, haben die Angela mit Essen versorgt, ihr Geld zugesteckt und Brennholz vor die Tür gelegt, damit sie heizen und kochen konnte. Das hörte erst auf, als sie die zahlreichen Angebote, Arbeit da oder dort, als dies oder das anzunehmen, ausschlug.

„Soll sie halt arbeiten wie wir anderen auch, wenn sie was braucht“, sagten die einen.

„Vom Beten allein wird man nicht satt!“, die anderen.

Der Angela ging es trotzdem nicht schlecht. Obwohl sie kaum mehr Geld hatte, die Versorgung durch die Familie immer dürftiger wurde. Die einzige Beeinträchtigung, die sie hinnehmen musste, der einzige echte Verzicht, der sie schmerzte, war, dass sie nicht mehr rauchen konnte. Denn bislang hatte sie sich im Tabakkästchen bedient, wie es ihr gefiel, sie war eine starke Raucherin. Ihr einziges Laster.

Wie sie schon Wochen vorher aus der Kirchenzeitung wusste – eine andere las sie zeit ihres Lebens nie –, würde es zu Mariä Himmelfahrt einen besonderen Umzug geben. An diesem 15. August würde es etwas Außergewöhnliches zu feiern geben.

Denn ein wohlhabender, offenbar sehr frommer Mann aus Hochabtei hatte zu Ehren der Gottesmutter eine Statue anfertigen lassen und sie der Kirche gespendet. Diese mit Blattgold verzierte Gottesmutter würde von Alta Badia in einer Prozession bis nach Bruneck getragen werden, um sie dort – vom Bozner Bischof persönlich – segnen zu lassen. Er würde extra dafür anreisen und auch eine Messe lesen.

Angela fieberte diesem Ereignis entgegen, borgte sich von Cousinen Kleider, Schuhe usw. aus. Denn so, wie sie bekleidet war, konnte sie der Gottesmutter doch nicht unter die Augen treten. Was sollte sich die Unbefleckte denn denken, wenn sie die Angela so sehen würde?

Sie lief schon früh am Morgen nach Zwischenwasser, ein Dörfchen unterhalb St. Vigils gelegen. Dort, wo der Gaderbach und der Vigilerbach zusammenfließen. Dort würden sie vorbeikommen auf ihrem Weg nach Bruneck.

Sie würde die Prozession begleiten und herausfinden, wer der fromme Mann war, der so großzügig war. Ein paar Stunden werden es schon gewesen sein, die die Angela in Zwischenwasser gewartet hat. Ein „Gegrüßet seist du Maria“ nach dem anderen abspulend. Sie stand auf der Brücke und bewegte sich kaum. Obwohl die Sonne herunterbrannte, sie einen unglaublichen Durst hatte. Um nichts in der Welt wollte sie den Moment verpassen, wenn die Gottesmutter um die Ecke kam. Sie würde sich nicht vom Fleck bewegen.

Zwei Mal kam jemand vorbei und fragte, ob alles in Ordnung sei, sie Hilfe brauche. Sie machte offenbar den Eindruck, als würde sie sich von der Brücke in den Bach stürzen wollen, um ihrem Leben ein Ende zu setzen.

Erst war es nur ein Geräusch. Dann so etwas wie Gemurmel, aber undeutlich, vom Rauschen des Baches überlagert. Später aber immer lauter und deutlicher. Schließlich ein Gebet aus mindestens hundert Kehlen. Angela machte sich bereit, strich ihre Schürze glatt, schob sich lose Haare hinter die Ohren und stellte sich kerzengerade hin.

Gezittert hat sie vor Aufregung und Freude. Als Ersten sah sie ihren zukünftigen Mann, der der Prozession voranging.

Urgroßvater Albert Craffonara

Albert Craffonara hatte von der ersten Sekunde seines Lebens an Glück. Nicht lange, aber immerhin. Denn als Erstgeborener in eine wohlhabende Familie geboren zu werden, war damals ein noch viel größeres Glück als heute.

Der Albert durfte damit rechnen, dass er eines Tages alles erben wird, nicht teilen wird müssen. Obwohl er einen zwei Jahre jüngeren Bruder gehabt hat. Bei dessen Geburt die Mutter verstorben ist, woran sich der Albert aber nicht erinnern konnte. Dafür war er zu jung, damals.

Der Vater hat Jahre gebraucht, um über den Tod seiner Frau hinwegzukommen.

„Er braucht halt keine Frau", haben die einen gesagt.

„In Venetien wird er sich ausleben, wenn er das Holz verkauft!", die anderen.

Eine der Schwestern des Vaters half beim Aufziehen der Brüder. Sie hätte ohnedies nicht vorgehabt, den Hof zu verlassen – ein wunderbarer, für alle nachvollziehbarer Grund, bleiben zu können. Dort, wo ihr alles vertraut war. Sie ihren Platz in der Gesellschaft kannte, sich nicht neu einordnen oder – Gott bewahre – sich irgendjemandem unterordnen hätte müssen. Ihr war nur recht, dass die Schwägerin gestorben war, sie konnte sie ohnedies nicht leiden. Mit ein Grund, warum

Albert und sein Bruder nie ein gutes Wort oder zumindest ein paar Geschichten über ihre Mutter hörten. Keine Vorstellung davon hatten, wer ihre Mutter war.

Von ihr blieb nur die gerahmte Todesnachricht, die an einer der Wände des Herrgottswinkels hing. Sonst nichts.

Einzig die immer von Kopf bis Fuß wie eine Witwe in Schwarz gekleidete Tante, die sie aber Mama nannten. Selbst als sie wussten, dass sie die Schwester ihres Vaters war, ihre leibliche Mutter tot war. Das mussten ihnen aber die Nachbarskinder erzählen. Denn der Vater sagte dazu genauso wenig wie seine Schwester. Kein Wort, niemals.

Obwohl die Beziehung der Tante mit den Buben nicht sonderlich herzlich war, wurde sie ihrer Aufgabe als „Mutter" gerecht. Übererfüllte sie bisweilen, wie manche meinten.

„Sie verwöhnt die Buben zu sehr! Und sie macht das nur, um am Hof bleiben zu können, selbst wenn der Alte nicht mehr ist", sagten die einen.

„Sie lebt wie die Made im Speck!", die anderen. Und das traf es ziemlich genau.

Sie schaute auf die Buben, damit die wiederum, vor allem der Albert, einmal auf sie schauten. Sie nicht irgendeinen Idioten heiraten musste, auf irgendeinem Hof, und dort irgendwelche Kinder großzuziehen hätte. Kinder?! Was für eine lächerliche, was für eine bösartige Erfindung!

Zuerst das Risiko, in der Schwangerschaft an Komplikationen zu verrecken, oder nach der Geburt, die ein Horror sein musste, was sie so gesehen hatte, im Kindbett zugrunde zu gehen.

Und selbst, wenn man das alles überlebte, sich am Ende noch verantwortlich fühlen zu müssen, wenn diese Kinder körperlich, geistig oder moralisch danebengeraten waren. Dann lieber bei den Buben beliebt sein. Nein, unabkömmlich, der Großzügigkeiten wegen.

Verwöhnen muss man die Buben, bis sie nicht mehr anders leben können. Das blieb auch so, als der Vater wieder heiratete, den Buben sagte, dass sie eine neue Mutter hätten. Zwei Mamas also.

„Auch nicht schlecht!", dachten die Buben, „das hat sonst keiner."

Ein weiteres Privileg, zusätzlich zur Bemutterung durch Tante und Stiefmutter und zum überdurchschnittlichen Einkommen, das der Hof und das Sägewerk abwarfen, war, dass ein Onkel mütterlicherseits Missionar war. Der von Papst Johannes Paul II. später zum Heiligen ernannte Josef Freinademetz. *Ujöp*, wie er auf Ladinisch hieß, war 1879 nach China aufgebrochen, um dort Seelen zu fischen, eine Mission in Süd-Shantung zu gründen.

Der Pfarrer, auch gleichzeitig der Lehrer von Alta Badia, war ein großer Bewunderer des Freinandemetz, wusste genau um die familiäre Verbindung der Buben mit dem Missionar.

Er kannte auch die Geschichten, die man im Dorf erzählte. Dass der Freinandemetz sich das Lesen und Schreiben selbst beigebracht hatte. Mit nur drei Jahren! Er fließend Latein sprechen konnte, wie andere nur ihre Muttersprache. Er schon als Kind den Wunsch geäußert hätte, Priester, noch besser Missionar, werden zu wollen, um allen das Wort Gottes bringen zu können.

Die Geschichte, dass die beiden Geschwister des *Ujöp*, die vor beziehungsweise nach ihm geboren wurden, geistig zurückgeblieben wären, weil er die ganze Intelligenz aufgebraucht hatte, glaubte er natürlich nicht. Das wäre ja Aberglaube! Aber die anderen Geschichten stimmten sicher!

Deshalb wurden die Buben vom Pfarrer auch anders behandelt als der Rest der Kinder. Wurden nie für ihr Verhalten oder ihre lasche Arbeitsmoral bei schulischen Angelegenheiten getadelt oder bestraft. So lässt es sich entspannt aufwachsen, seinen Platz in der Gesellschaft kennend und dadurch vielleicht ein wenig zu selbstbewusst, wie manche meinten, durch die Gegend spazieren.

Er soll ein schöner Mann gewesen sein, der Albert. „Schneidig“ haben die Leute gesagt. Markante Gesichtszüge, wunderschöne blaue Augen, außergewöhnlich dichtes kohlrabenschwarzes Haar, einen ebensolchen Bart und auffallend breite Schultern soll er gehabt haben. Das erzählen die ganz Alten heute noch.

Schwer zu beurteilen, ob er wirklich so gut ausgesehen hat, obwohl es noch ein paar Fotos von ihm gibt. Aber die Sonne hat die Nassplatten-Fotografien zu sehr ausgebleicht, das Gesicht ist kaum mehr zu erkennen. Zwar freundlich, aber nicht sonderlich leutselig, gesprächig, aber nicht sonderlich lustig oder geistreich soll er gewesen sein.

Nichts Außergewöhnliches an ihm, hätte er nicht so

viel mehr Geld als alle anderen gehabt. Von einem Tag auf den nächsten. Und das war seltsam. Die Leute im Dorf konnten es sich beim besten Willen nicht erklären, wie er in so kurzer Zeit so reich werden konnte.

Neunzehn Jahre alt, den Hof und das Sägewerk hatte er erst ein halbes Jahr nach dem Tod des Vaters übernommen und trotzdem wohlhabend! Vom Vater konnte er das Geld nicht geerbt haben, denn der war viel, aber sicher nicht sparsam. Und im Testament wurden die Schwester und die zweite Frau mit einem mehr als großzügigen Betrag bedacht, das wusste man. Denn sie erzählten es jedem, der es wissen wollte. Viel kann da also nicht mehr dagewesen sein.

Ja, da war das Sägewerk, der Hof mit dem Stall, der ein wenig größer war als die der anderen Bauern, und er hatte viel mehr Vieh, denn auch die Wiesen waren bedeutend größer. Vielleicht hatte Albert sogar mehr Geschick beim Verhandeln, wenn er Kälber oder Holz verkaufte. Mag ja alles sein, aber dass er sich eine Kutsche aus Bozen kommen hat lassen, so eine, wie die reichen Leute in der Stadt sie haben, und ebensolche Kleidung trug, war so auffallend, dass es nach der Sonntagsmesse kein anderes Thema auf dem Platz vor der Kirche gab.

Als er im Gasthof an der Bar stehend noch ostentativ auf seine goldene Taschenuhr sah, wollte niemand mehr an ehrlich verdientes Geld glauben. Aber auch nicht an unehrlich verdientes. Denn die im Tal, die wussten, wer mit wem welche Dinge am Gesetz vorbei machte, wussten, dass der Albert keiner von ihnen war. Also keiner mehr im Ort, der meinte, es ginge bei ihm mit rechten oder eben unrechten Dingen zu.

Wenn sein Bruder von Freunden darauf angesprochen wurde, zuckte dieser nur mit den Mundwinkeln und schwieg. Woher sollte gerade er wissen, woher der Albert das Geld hatte? Keine Ahnung hatte er. Nicht einmal zur Verlesung des Testaments war er eingeladen worden. Und nichts hatte er bekommen. Dabei hatte der Vater immer davon gesprochen, dass er einmal das Sägewerk übernehmen sollte.

„Ja, das stimmt", hatte der Albert gesagt, „aber nur als Vorarbeiter, nicht als Besitzer. Geerbt habe ich und nicht du. So hat es der Vater ins Testament schreiben lassen."

Das Verhältnis der Brüder kühlte entsprechend ab. Der Gebetskreis der alten Witwen des Ortes, der sich dreimal wöchentlich bei der alten Rosina dla Cos zum Beten des Rosenkranzes traf, war geschlossen der Meinung, dass er mit dem Teufel im Bunde war, der Albert seine Seele verkauft hatte. Die Vermutung, es wäre der Neid gewesen, der das Gerede verursacht hat, liegt nahe. Und ja, Neid mag vielleicht eine Rolle gespielt haben, es war aber höchstwahrscheinlich die Angst vor dem Übernatürlichen, dem Unerklärbaren. Deshalb mieden ihn die Alten, so gut es ging. Manche der Witwen bekreuzigten sich sogar, nachdem der Albert nur an ihnen vorbeigegangen war. Sicherheitshalber.

Nicht einmal seinen engsten Freunden gelang es, dem Albert herauszulocken, woher der plötzliche Reichtum war. Nicht einmal im Vollrausch kam ihm diesbezüglich eine Silbe über die Lippen.

„Vielleicht haben die alten Weiber doch recht und er

steckt mit dem Teufel unter einer Decke", war die Conclusio.

Die Quelle des Wohlstands vom Albert war viel banaler als ein Vertrag mit dem Leibhaftigen. Er hat mit etruskischem Schmuck und Bronzefiguren gehandelt. Gehandelt ist vielleicht übertrieben, denn er hatte nur einen Kunden.

Rechnungen mit penibler Beschreibung einer jeden Figur, die er verkauft hat, wurden über hundert Jahre später von einem seiner Urenkel am Dachboden des Tabakhauses in St. Vigil gefunden.

„Bronzestatue eines Kriegers mit Speer und Schild, 12 cm hoch", „Statue der Hygeia, 15 cm, makellos" stand zum Beispiel auf den handgeschriebenen Rechnungen. Als Käufer scheint ein gewisser Pasquale Dollapenna, Polizeioffizier in Mailand, auf. Dutzende dieser Rechnungen wurden gefunden. Alle auf den Namen Dollapenna.

Dass der Albert in den Besitz dieser Statuen gekommen ist, ist einem reinen Zufall zu verdanken. Beim Abgraben eines Hanges hinter dem Haus, um dort ein neues und größeres Brennholzlager zu errichten, stieß einer der damit beauftragten Arbeiter auf eine Kiste.

Als der Albert die halb ausgegrabene Kiste sah, gab er den Arbeitern den vereinbarten Tageslohn und schickte sie nach Hause. Denn er erkannte diese Kiste sofort. Es war eine von zehn Kisten, die er und sein Bruder im Auftrag ihres Vaters ein paar Jahre zuvor angefertigt hatten. Er hatte sogar noch die Maße dafür im Kopf. 60 cm breit x 40 cm hoch x 40 cm tief. Die

Kisten, die eines Tages nicht mehr in der Werkstatt standen, einfach verschwunden waren. Was aber niemandem auffiel. Bis jetzt. Diese Kiste würde er selbst ausgraben. Und die anderen auch. Sicherheitshalber, wer weiß, was sich in den Kisten befindet. Der gute Zustand des Holzes überraschte ihn.

„Die muss der Vater vergraben haben, ohne mir oder dem Bruder etwas davon erzählt zu haben. Wie lange ist das her, dass wir die gebaut haben? Ist doch egal! Ich will wissen, was da drin ist."

Er nahm sich keine Zeit, zu versuchen die Kiste ohne Beschädigung zu öffnen. Schlug einfach mit der Schaufel darauf ein, brach mit roher Gewalt den Deckel auf.

Päckchen aus in Leinöl getränkten Leinen, fein säuberlich mit einer Schnur zugebunden, waren darunter. Er löste den Knoten und schlug den Stoff zur Seite. Er hielt eine Reiterstatue, der man ansah, dass sie sehr alt war, in der Hand. Der Albert hatte keine Ahnung, wie alt, aber dass alt auch sehr wertvoll heißen konnte, das wusste er.

Die Verwunderung über den Fund der Kiste und vor allem den Inhalt wich dem Zorn auf den Vater.

„Was, wenn ich die Kiste nie gefunden hätte? Am Sterbebett hätte er doch genug Zeit gehabt, etwas zu sagen! Dem Herrgott sei Lob und Dank, dass ich die Idee mit dem neuen Holzlager gehabt habe, sonst wäre das alles nie gefunden worden oder womöglich verrottet."

Er erzählte niemandem von seinem Fund. In den kommenden Tagen sorgte er dafür, dass keiner am Hof war, wenn er zu graben begann. Schickte seinen Bruder ins Sägewerk, beauftragte die Mütter mit Einkäufen, nur um unbeobachtet hinter dem Haus nach den fehlenden neun Kisten suchen zu können. Die er auch fand. In einer auch Goldmünzen, in zwei anderen Schmuck.

Er versteckte alles in einer großen alten Truhe in seinem Zimmer, die Kisten verbrannte er hinter dem Haus. Sein Zimmer sperrte er von nun an jedes Mal ab, wenn er es verließ. Aber auch, nachdem er es betreten hatte.

„Mein Erbe, mein Grund und Boden. Und alles, was in ihm vergraben ist, alles meins! Nicht, weil ich nicht teilen würde wollen, weil ich geizig bin, nein! Ich habe die Verantwortung, den Besitz an die nächste Generation zu übergeben. Am besten noch ein wenig mehr, als ich selbst bekommen habe, so wie es der Vater getan hat. Ich kann doch nicht teilen, teilen, teilen! Wo hört denn das auf? Dann würde ja nach ein paar Generationen jeder nur ein paar Quadratzentimeter Grund bekommen. Ich muss nicht nur auf mich, ich muss vor allem auf meinen Erben achten, den Besitz zusammenhalten. Es ist ja auch eine Bürde, die mir da auferlegt wurde, ein Joch, das ich zu tragen habe, bis zu meinem Tod", dachte der Albert, tief zufrieden, sich selbst davon überzeugt zu haben, das Richtige zu tun.

Er erzählte allen, er müsse nach Bozen, fuhr aber mit einer der Münzen, einem Schmuckstück und einer Statue im Gepäck bis nach Mailand.

„Nach Mailand brauche ich zwar den ganzen Tag, wenn ich Pech habe, sogar länger, aber in Italien ist die Gefahr nicht so groß, jemandem zu begegnen, der jemanden kennt, der einen kennt", dachte er sich. „Das geht nur mich etwas an, braucht keiner zu wissen."

Noch am Tag seiner Ankunft fand er auf Empfehlung des Rezeptionisten seines Hotels ein Antiquariat.

„Wenn man in Mailand etwas kaufen oder verkaufen will, das sehr alt ist, kann ich Ihnen diesen Mann nur empfehlen. Viele unserer Gäste haben von ihm schon wunderschöne Dinge erworben. Sie werden sicher finden, was Sie suchen. Und: Signore Dollapenna ist hoch seriös, hat den besten Ruf in der Stadt. Ich schreibe Ihnen die Adresse gleich auf, mein Herr."

Ernesto Dollapenna, gleichermaßen fachkundiger wie angesehener Händler antiker Gegenstände, saß hinter seinem Schreibtisch. Er sah zuerst die Bronzefigur und dann – nur für einen kurzen Augenblick – den Albert an. Von solchen Figuren hatte er zwar schon gehört, aber noch nie eine gesehen, geschweige denn in der Hand gehabt. Er drehte die Statue der Hygeia im Lichtkegel seiner Schreibtischlampe in alle Richtungen, bewunderte die Feinheiten der Arbeit.

„Darf ich mich erkundigen, woher Sie dieses wunderbare Stück haben, Signore?", fragte der Antiquar sehr freundlich, ohne den Blick von der Statue zu nehmen. Er bereute sofort, dass er die Frage überhaupt gestellt hatte.

„Was, wenn er illegal zu diesem Stück gekommen ist und ich ihn mit meiner Neugier vertreibe, ich diese Figur nicht von ihm kaufen werde können, weil er damit einfach wieder verschwindet? Weil er Angst hat, dass ich die Polizei einschalten könnte. Verschreck ihn bloß nicht mit deinem Geschwätz, du Idiot!"

Der Händler begann, unter seinem Schreibtisch nervös mit den Füßen zu wippen, während sein innerer Dialog immer unhöflicher wurde.

„Dai cazzo! Pass jetzt bloß auf dein dummes Maul auf, du dummes Stück Scheiße!"

„Gehört seit Langem meiner Familie", sagte der Albert mit Bestimmtheit und Ruhe, also in einem Tonfall, der den Händler beruhigte.

Die nächste Frage konnte er sich sparen, denn am Akzent erkannte er sofort, dass der Albert ein Rätoromane war. Einer von diesen Bergitalienern, aus irgendeinem der Täler im Norden, die alle recht gut, aber mit einem seltsamen Akzent Italienisch sprachen. Er öffnete eine Lade, nahm eine Juwelierslupe heraus und klemmte sie sich in sein rechtes Auge.

„Mag sein, dass ein etruskischer Priester oder Edelmann sich auf der Flucht vor den Römern bis in den Norden durchgeschlagen hat. In eines dieser unwirtlichen Täler dort oben, wo sie nichts außer Holz haben. Weil er sich nicht assimilieren wollte, weil seine Stadt gerade niedergebrannt worden war, er jemanden getötet oder betrogen hatte. Oder aus sonst irgendeinem Grund, der ihn bei den unrasierten Wilden in einer Schlucht Unterschlupf hat suchen lassen. Und diese Statue hat er dann vergraben oder eingetauscht gegen Essen und Unterkunft, wer weiß das schon? Oder – ganz anders – es war Diebesgut, das erst letzte Woche in die Hände dieses Typen gelangt ist. Ist ja auch egal, jetzt ist sie hier und ich will sie kaufen. Ein Vermögen werde ich damit machen."

In seinem Schädel zuckten die Gedanken hin und

her, während er die Bronzestatue unter seiner Lupe bewunderte.

„Ich habe da noch etwas", sagte der Albert und legte eine Goldmünze auf den Schreibtisch des Händlers.

„Ah! Eine etruskische Münze." Der nahm sie in die Hand und schaute sie voller Mitleid an, so wie man ein waidwundes kleines Tier ansieht.

„Danke, aber dafür bekomme ich nicht einmal den aktuellen Goldpreis, zu viel Bronzeanteil, verstehen Sie? Und es gibt dermaßen viele Fälschungen davon, dass man – selbst für die echten – fast nichts mehr bekommt, weil niemand glaubt, dass so eine Münze wirklich antik sein könnte. Mir werden nahezu täglich welche angeboten. Danke, aber danke, nein!"

Er schob die Münze zurück. Der Albert wollte sich die Enttäuschung darüber nicht anmerken lassen und zog, quasi als Antwort, das seiner Meinung nach wertvollste Stück, das er aus Alta Badia mitgenommen hatte, aus seiner Sakkotasche.

„Vielleicht interessiert Sie das hier", sagte der Albert.

„So viel Unterschied ist da nicht", dachte er sich, „ob man Holz, Kälber oder das hier verkauft. Wenn jemand dreinschaut wie dieser Zwerg von einem Italiener, dann will er kaufen! Ich werde mit ihm verhandeln, dass ihm schwarz vor Augen wird."

Ernesto Dollapenna war im Augenblick egal, ob man sehen konnte, dass er fassungslos vor Überraschung war. Denn das in seinen Händen, das war nicht das primitiv gearbeitete, meist verbeulte Zeug mit Rissen aus der Villanova-Zeit, das ihm Grabräuber alle paar Wochen präsentierten. Das war auch nicht aus der hellenistischen Zeit, in der der Schmuck immer schlichter verarbeitet wurde, die Goldschmiedekunst ganz offensichtlich keinen so großen gesellschaftlichen Wert mehr hatte. Das hier war aus der archaischen Periode. 600 v. Christus, vielleicht sogar 700. Es war das wertvollste Stück, das er jemals in Händen gehalten hatte.

Allein durch den Verkauf dieses einen Schmuckstückes würde er mehr Geld verdienen als in den letzten beiden Jahren. Er würde auch nur ein paar Briefe nach Rom schicken müssen. An drei, vielleicht vier Adressen, mehr war nicht notwendig.

Als der Albert ihm auch noch sagte, dass er noch jede Menge weiterer Schmuckstücke in ähnlicher Qualität habe, musste sich Dollapenna sehr bemühen, nicht über den Tisch zu springen, um den Albert links und rechts auf die Wange zu küssen.

Das war der Beginn einer sehr fruchtbaren Beziehung für beide Seiten. Abgerechnet wurde über den Bruder des Händlers, den Polizeioffizier, der über ausgezeichnete Kontakte bis in die höchsten Ämter verfügte. Falls es doch irgendwann behördliche Probleme geben würde, jemand unangenehme Fragen stellen sollte.

Und offiziell wurden auch nur Statuen verkauft, denn das war legal. Im Gegensatz zum Handel mit den Schmuckstücken, die leicht als Grabbeigaben und dadurch als Diebesgut, als Beute einer Raubgrabung zu erkennen gewesen wären.

Der Albert ist in den nächsten Monaten durch diese Geschäfte sehr wohlhabend, die Gebrüder Dollapenna steinreich geworden. Sind auch sehr alt geworden, die zwei. Haben die italienische Monarchie, den Faschismus und den Krieg, aber nicht den Unfall mit ihrem italienischen Sportwagen überstanden.

„Alles haben sie überlebt, aber der Frieden hat sie umgebracht!“, haben die einen gesagt.

„Nein, der Reichtum!“, die anderen.

„Wohin mit dem Geld?“, fragte sich der Albert, als er vor dem Antiquariat des Signore Dollapenna stand. Kurz nachdem ihn der Händler über den Tisch gezogen hatte, ihm gerade mal ein Zehntel des wahren Wertes der Statue und ein Hundertstel des Wertes des Schmuckstückes in die Hand gedrückt hatte. Der naheliegende Gedanke, ein Konto bei einer italienischen Bank zu eröffnen, die Lire dort einzuzahlen, sie sich selbst zu überweisen und das Geld in der Heimat in österreichischen Kronen auszahlen zu lassen, kam ihm zwar, dieser Weg war ihm aber zu unsicher. Er wollte keine Fragen zur Herkunft des Geldes gestellt bekommen und vor allem keine Steuern dafür bezahlen.

„Da muss ich verantwortungsbewusst sein. Wer weiß, was die sonst noch an Steuern von mir wollen. Das sind doch alles Gott- und Gesetzlose, die keinen Respekt vor Eigentum haben. Vor denen muss ich mich und meinen Erben schützen“, dachte sich der Albert, griff in seine Unterhose und klemmte sich das Geld dorthin, wo keine Sonne scheint. Da wäre es sicher, selbst wenn ein Räuber ihn durchsuchen würde.

„Die Rechnung bitte, ich reise ab.“

Der Rezeptionist wollte sich weder erkundigen, warum der Albert nicht übernachten wollte, noch fragte er nach, ob irgendetwas mit dem Zimmer nicht in Ordnung gewesen wäre. Er kassierte und hielt seinen Mund. In diesem Hotel wusste man die Privatsphäre seiner Gäste über alles zu schätzen. Das gefiel dem Albert. Keine blöden Fragen. Weshalb er auch Stammgast wurde, von nun an immer hier absteigen würde, wenn er Dollapenna etwas zu verkaufen hatte.

Er nahm den ersten Zug nach Norden. Auf dem Weg nach Hause machte er Station in Bozen, wo er am späten Abend ankam. Weil kein Zug mehr Richtung Bruneck ging, nahm er sich ein Hotelzimmer in der Nähe des Bahnhofes. Erst jetzt merkte er, wie erschöpft er war, und fiel in sein Bett, ohne seine Schuhe auszuziehen.

Aber jedes Mal kurz vor dem Einschlafen schreckte er hoch, musste aufstehen. Kam, obwohl todmüde, nicht zur Ruhe. Nicht, weil er Angst hatte. Ein innerer Drang zwang ihn dazu, immer und immer wieder die Lire, die er unter seinen Kopfpolster gelegt hatte, hervorzuholen und zu zählen. Mehrmals den Kurs der Lire zur Krone in gleich drei Tageszeitungen nachzusehen beziehungsweise zu vergleichen, ob da nicht einer der Zeitungen ein Irrtum unterlaufen wäre, ob der Kurs wirklich stimmen würde, der da abgedruckt war.

Mindestens zwanzig Mal rechnete er nach, sicherheitshalber, wie viel das in Kronen war, was er in Lire auf seinem Bett vor sich liegen hatte. Nachdem er sich vergewissert hatte, dass alles übereinstimmte, ihn das Ergebnis also beruhigte, machte er sich Gedanken darüber, wie und wo er das Geld daheim verstecken sollte. Oder doch besser investieren?

„Aber nicht zu riskant! Sonst ist alles weg, das geht schnell. Sichere Anlagen bringen wiederum weniger Gewinn, das muss man auch bedenken. So ein Mittelloser macht sich keine Vorstellung davon, was man da alles einberechnen muss, wie sehr man darunter leidet, wenn man so viel Geld hat. Zum Glück kann ich damit umgehen, meine Schultern sind breit genug. Meinen Bruder hätte das wahrscheinlich wahnsinnig gemacht, wenn nicht sogar umgebracht. Der liebe Gott hat sich schon etwas dabei gedacht, dass ich mich um das alles kümmern muss, dass er mir diese Last auferlegt hat. Wenn es dein Wunsch ist, mich mit diesem Leben zu prüfen, Allmächtiger, dann geschehe dein Wille“, dachte sich der Albert.

Er schlief erst ein, als draußen schon die ersten Fuhrwerke mit den Lieferungen des Tages begannen. Als er am frühen Vormittag das Hotel verließ, um in einem Café ein Frühstück einzunehmen und in aller Ruhe einen Plan entwerfen zu können, wie es mit dem Geld weitergehen sollte, nieselte es leicht. Aus einem Geschäft, das gegenüber dem Hotel lag, kamen hintereinander Männer, die alle einen Regenschirm, den sie ganz offensichtlich gerade erworben hatten, aufspannten.

„Gute Idee“, dachte der Albert, „ich brauche ebenfalls einen Schirm. Sonst hole ich mir eine Erkältung oder eine noch schlimmere Krankheit. Man darf dem Teufel keine Gelegenheit bieten, sein Werk zu tun, ich muss mich schützen. Und wenn es nur vor Regen ist.“

Wie sich der Albert selbst davon überzeugt hat, dass er sich von Kopf bis Fuß neu einkleiden musste, damit er dem Bösen keine Angriffsfläche bot, ist schwer zu sagen. Jedenfalls erwarb er mehrere Anzüge, Mäntel, Hüte, Schuhe, einen Gehstock mit silbernem Griff und einen großen Kastenkoffer, um das Ganze auch transportieren zu können. Er ließ sich den Einkauf, fein säuberlich in parfümiertes Seidenpapier eingeschlagen, ins Hotel liefern.

„Eine Kutsche zu kaufen, ist sicher besser, als eine Fahrkarte zu lösen. Die Kutsche behält ihren Wert, die Fahrkarte ist nach nur einer Fahrt wertlos. Abgesehen davon: Mit so einem riesigen Koffer mit dem Zug zu reisen, wäre die pure Unvernunft. Da müsste man den Transport nach Alta Badia ja auch noch extra bezahlen. Zum Fenster hinausgeschmissenes Geld!", dachte sich der Albert.

„Und die Pferde für die Kutsche kann man später auch noch brauchen. Was würde man mit einer Kutsche sonst anfangen, so ganz ohne Pferde? Und auf einem Pferd konnte man auch ausreiten, wenn man es eilig hatte. Eine vernünftige, eine kluge Investition, die auch kein Risiko darstellt, also. Und Zeit spart es auch noch."

Damit der Albert wusste, wie viel Zeit er sich ersparen würde, kaufte er sich beim Juwelier noch eine Taschenuhr. Selbstverständlich nicht für sich! Als Erbstück.

Ein paar Wochen, nachdem der Albert in seiner Kutsche aus Bozen zurückgekehrt war, ist es dem Pfarrer zu viel geworden. Bei jeder sich bietenden Gelegenheit sprachen ihn die Rosina dla Cos oder ein Mitglied ihres Rosenkranz-Kränzchens auf den Albert an. Dass dieser eine Gefahr für das Seelenheil eines jeden Bewohners im Umkreis von mindestens 50 Kilometern wäre, mit seiner gottlosen Taschenuhr und dieser Teufelskutsche. Eine Taschenuhr brauche nur einer, der sich nicht von der Kirchenuhr zum Gebet rufen lasse. Und der heilige Leonhard möge abschützen, aber wenn einer von dieser Kutsche überfahren werden würde, der würde direkt zur Hölle fahren.

Um seine Seelenruhe wiederzuerlangen, versprach er der alten Rosina, mit dem Albert zu reden.

„Das reicht doch nicht! Bespritz ihn mit Weihwasser und schau, ob ein Dämon aus ihm ausfährt", flüsterte die Rosina und bekreuzigte sich dreimal.

Der Pfarrer nickte zwar, war sich in diesem Moment aber nicht ganz sicher, ob bei der Rosina wirklich Rosenkränze gebetet würden oder ob da nicht doch ein Hexenzirkel am Werk wäre.

Der Albert war nicht zu Hause, also setzte der Pfarrer sich in die Stube, um auf ihn zu warten. Der Bruder versorgte ihn mit Schüttelbrot und Speck, gab ihm ein Glas Rotwein.

„Und du trinkst nichts? Mit wem soll ich denn anstoßen?", fragte der Pfarrer.

„Der Wein ist nur für den Herrn des Hauses und die Gäste", sagte der Bruder und ging.

Der Pfarrer sah ihm fassungslos nach. Einen Augenblick später kam der Albert in die Stube und setzte sich grußlos zum Pfarrer an den Tisch.

„Gott zum Gruß, lieber Albert! Es ist mir ein wenig unangenehm, dich ohne Anmeldung zu besuchen, deswegen komme ich gleich zur Sache, um dich nicht länger als nötig zu belästigen. Es ist vielleicht nur eine Kleinigkeit, aber in Teilen der Gemeinde gibt es Unruhe wegen dir."

Der Albert nickte nur und sah den Pfarrer an.

„Und darüber wollte ich mit dir sprechen."

Die unangenehme Stille, die den Raum nun beherrschte, steigerte die Verlegenheit des Pfarrers.

„Ich sage ja nicht, dass du kein gottgefälliges Leben führen würdest, aber die Leute reden halt."

Der Albert beugte sich nach vorne und nahm, ganz langsam, ein Stück Speck vom Teller des Pfarrers und schob es sich in den Mund.

„Und das ist weder gut für dich noch für die Gemeinde."

Der Albert kaute auf dem Speckstück herum, ohne den Blick vom Pfarrer zu nehmen.

„Ich will mich ja nicht in deine weltlichen Angelegenheiten einmischen, das steht mir auch gar nicht zu. Aber du könntest für Frieden sorgen, indem du deine Verbundenheit mit der heiligen Mutter Kirche zum Ausdruck bringen würdest."

Spätestens jetzt hätte sich der Pfarrer irgendeine Reaktion erwartet. Aber Albert nahm sich nur ein Stück Schüttelbrot und sagte nichts.

„Das soll nur ein Denkanstoß sein, nicht einmal ein Vorschlag, eine Inspiration, wenn du so willst. Aber wir sprechen schon lange davon, dass die Nische über dem Seitenaltar der ideale Platz für eine Marienstatue wäre."

Albert griff zum Glas Wein des Pfarrers und trank es in einem Zug aus. Auf eine seltsame Weise fühlte sich der Pfarrer dadurch bedroht. Nicht körperlich, aber er wusste, dass es Zeit war zu gehen, und stand auf.

„Danke, dass wir uns so nett unterhalten konnten, lieber Albert. Ich freue mich, dich am Sonntag in der Kirche zu sehen. Und wenn du wieder einmal die Beichte ablegen willst, bin ich jederzeit für dich da."

Der Albert nahm seine goldene Taschenuhr heraus, öffnete den Deckel, klappte ihn wieder zu, öffnete den Deckel ... Das wiederholte Klacken des Verschlusses ließ im Pfarrer so etwas wie Panik aufkommen.

„Nicht, dass ich davon ausgehen würde, dass du etwas zu beichten hättest, um Gottes willen! Grüß dich Gott, ich segne dich."

Der Pfarrer bemühte sich vergebens, nicht den Eindruck zu erwecken, er würde vor dem Albert fliehen, als er die Stube verließ. Der Albert blieb sitzen. Er nickte. Aber erst, als der Pfarrer schon längst das Haus verlassen hatte.

„Ein Zeichen Gottes, nichts anderes war dieser Besuch des Pfarrers. Ein Zeichen des Herrn persönlich und ich habe es verstanden. Ich werde in Mailand die schönste und teuerste Madonna kaufen, die man dort bekommt. Eine mit Blattgold verzierte. Ich habe verstanden, dass ich hier bin, um dein Werk zu tun, Allmächtiger!", dachte der Albert. „Eine großartige Investition in mein Seelenheil."

„Ein sicherer Platz im Himmel, auch nicht schlecht."

Urgroßeltern Albert und Angela Craffonara

„Diese Ehe ist gesegnet, die hat der Himmel geschlossen. Sie haben einander durch die Gottesmutter kennengelernt!“, haben die einen gesagt.

„Ja, aber ob sie jemals Kinder haben werden, ist die Frage. Die beten ja nur miteinander die ganze Zeit“, die anderen.

Sie passten wirklich perfekt zueinander, die Angela und der Albert. Er, im festen Glauben, durch seine bloße Existenz ein Werkzeug des Willens Gottes zu repräsentieren, und sie, die sich dem Willen Gottes vollkommen ergab. Beide verhaftet in ihren katholischen Konventionen und ihrem Gottesbild, beide mit frisch gewaschenem Gehirn.

Nachdem sich die Angela der Prozession angeschlossen hatte, dauerte es nicht lange, bis sie herausfand, wer der fromme Bauer war, dem die Kirche von Alta Badia die Madonna und sie dieses schöne Erlebnis zu verdanken hatte. Und nicht einmal halb so lange dauerte es, bis der Albert herausfand, dass dieses hübsche Mädel, das ihm für die Anschaffung der Madonna dankte, aus St. Vigil, fromm, eltern- und auch mittellos war.

„Schon wieder eine gute Investition!“, dachte sich

der Albert. „Gott offenbart sich mir in so vielfältiger Weise. Ich danke dir, Allmächtiger!"

Nach der heiligen Messe in Bruneck brachte der Albert die Angela nach Hause. Zuerst auf den Kirtag in St. Vigil, wo sie Stunden miteinander verbrachten, dann zur Tür des Tabakhauses.

„Darf ich dich demnächst einmal besuchen?", fragte der Albert und versuchte, dabei nicht wie ein hungriger Jagdhund auszusehen.

„Sehr gerne!", sagte die Angela und versuchte, dabei wie eine Heiligenstatue auszusehen.

Am nächsten Vormittag machte der Albert auf dem Weg nach St. Vigil einen Umweg über Bruneck, wo er einen großen Blumenstrauß für die Angela kaufte. Den brachten sie dann gemeinsam in die Kirche, um die Blumen vor dem Altar als Schmuck abzulegen, denn die Angela wollte ihn nicht für sich behalten.

Drei Tage später waren sie verlobt, drei Wochen später verheiratet. Die Angela war begeistert von ihrem Mann, ihrem neuen Zuhause und von ihrem gesellschaftlichen Aufstieg.

„Was für ein Glück, dass ich in das Haus investiert habe, sonst wäre es eng geworden, zu zweit."

Der Albert war sehr zufrieden. Schon ein halbes Jahr bevor er die Angela kennenlernte, also, bevor er überhaupt an eine Ehe gedacht hatte, hatte er eine Wand zum Zimmer des Bruders niederreißen und jeweils einen Durchbruch zu den Zimmern der Mütter stemmen lassen. Weswegen die beiden Frauen in die kleinen Zimmer im Erdgeschoß im hinteren Teil des Hauses ziehen mussten.

Diese Zimmer wurden ursprünglich für die Kleintierhaltung genützt, waren aber schon seit Generationen Schlafzimmer, meistens für die Kinder. Ihre Namen haben die Zimmer trotzdem behalten. Deshalb steckte er seine Tante auch ins Hasenzimmer. Den Namen des anderen Zimmers hatte der Albert vergessen und sagte nur: „Und du gehst in das andere" zur Witwe seines Vaters. Der Bruder wurde in einen Lagerraum im Sägewerk übersiedelt, in den man ihm sein Bett und einen Kasten stellte. Sonst nichts. Nicht einmal eine Waschgelegenheit. Das sollte das Verhältnis der Brüder endgültig vergiften.

Der Albert bemerkte schon, dass die neue Aufteilung des Wohnraums wenig Begeisterung bei den anderen auslöste. Aber selbst. wenn er es dem Bruder und den Müttern erklärt hätte, warum das notwendig war, sie hätten die Komplexität der Situation unmöglich verstanden. Und was hätte er denn sonst machen sollen, der Albert? Er brauchte den Platz! Wie und wo hätte er das Bad seines Hotelzimmers in Mailand nachbauen lassen sollen? Es musste ja schließlich bis ins kleinste Detail stimmen. Was wäre das denn sonst für eine Investition gewesen?

Einmal mehr eine Entscheidung, die ein Mensch ohne Kapital nicht nachvollziehen hätte können, einmal mehr waren höhere Kräfte am Werk und dem Albert die Hände gebunden. Es musste so sein, es war Gottes Wille.

Die dadurch angespannte Stimmung in der Familie störte den Albert nicht weiter, denn in den ersten zwei

Monaten seiner Ehe war er glücklich wie noch nie. Eine wunderschöne Frau, ein wunderschönes Haus, zwar kaum mehr Geld nach den zahlreichen Investitionen, aber was soll's? Ja, da waren noch die Münzen, aber die wollte Dollapenna ja nicht. Ein Schmuckstück hatte er noch.

„Zeit, ein letztes Mal zu investieren!", dachte sich der Albert.

Die Angela durfte ihn auf seiner Reise nach Mailand begleiten. Während der Albert im Antiquariat Dollapenna seinen Geschäften nachging, besuchte die Angela den Mailänder Dom. Sie verbrachte Stunden dort, war fasziniert von den riesigen bunten Fenstern, den unzähligen Heiligenfiguren. Zufällig probte gerade ein Chor für die Seelenmesse eines sardischen Adeligen, die am nächsten Tag stattfinden sollte. Ihm wurde diese Ehre zuteil, weil er sich als Feldherr einen Namen bei der Schlacht von Solferino gemacht hatte, maßgeblich daran beteiligt war, die Habsburger loszuwerden.

Die musikalische Untermalung verstärkte ihre Faszination, ihre Eindrücke noch zusätzlich. Dass sie das Requiem Mozarts, das Confutatis, hörte, wusste sie natürlich nicht, aber zum ersten Mal in ihrem Leben empfand sie das Diesseits attraktiver als das Jenseits. Kurz gesagt: Sie war von ihrer eigenen Ergriffenheit ergriffen.

Der Albert hatte sein letztes Schmuckstück zu einem, seiner Meinung nach, sehr guten Preis an Dollapenna verkauft und suchte nun im Dom nach der Angela. Er fand sie bei den Bronzetüren des Hauptportals, die

Sieben Freuden Mariens bewundernd. Sie verbrachten noch eine Zeitlang im Dom und gingen dann in den exklusivsten Modesalon Mailands, um die Angela – für jede Jahreszeit passend – von Kopf bis Fuß neu einzukleiden.

„Das war's mit Mailand", dachte der Albert, als der Zug abfuhr. Denn nun waren alle Schmuckstücke und Bronzefiguren verkauft und an den Goldmünzen hatte Dollapenna nach wie vor kein Interesse.

„Ich frage mich, wie lange es dauern wird, dass uns Gott mit einem Kind segnen wird", sagte der Albert zur Angela.

„Vielleicht hat er das schon. Hab Geduld", sagte die Angela.

Zu Hause angekommen präsentierte sie Alberts Müttern ihre Garderobe, die Schuhe, die Hüte. Die ließen das über sich ergehen und versuchten, so wenig wie nur irgend möglich zu reagieren. Damit man nicht erkennen konnte, wie sehr sie diese Schau und vor allem die Angela verachteten.

Was hatte sie schon großartig für den Albert getan, was die Mütter nicht schon Hunderte Male für ihn getan hätten? Nichts! Und für das andere hatte er doch die Mädchen aus dem Dorf, die es mit der Moral nicht so eng sahen. Hübsch anzusehen war sie, ja, aber das wird vergehen. Ist noch bei jeder vergangen! Wird auch bei ihr vergehen. Und was bleibt dann über? Nichts!

Sie kauften der Angela auch ihre Frömmigkeit nicht ab, hielten das viele Beten für eine Maskerade. Und diese Kleider interessierten sie genauso wenig wie deren Besitzerin. Außerdem hatten sie es eilig. Alberts

Bruder wartete schon auf sein Mittagsessen, das sie ihm täglich ins Sägewerk brachten. Nur, weil er nicht mehr hier wohnen durfte, hieß das noch lange nicht, dass man ihn nicht weiterhin verwöhnen sollte oder konnte. Sicherheitshalber, man weiß ja nicht, was die Zukunft so bringt, was Gott und/oder der Teufel so vorhatten.

„Wir müssen arbeiten, das Essen kocht sich nicht von selber", sagten die Mütter und verließen die Stube.

Die Angela brachte ihre Kleider ins Schlafzimmer und verstaute sie so vorsichtig wie möglich im Schrank. Natürlich wusste die Angela die neuen Kleider zu schätzen, fand sie wunderschön. Aber was sie jeden Morgen nach dem Aufwachen wirklich faszinierte, war, dass ihre Bettdecke nicht klamm war. Sich nicht anfühlte, als würde sie in Kürze zu schimmeln beginnen, sich Kleingetier darin niederlassen wollen. Deswegen tastete sie, bevor sie aufstand, den Stoff minutenlang ab, strich mit den Fingern darüber, als wäre er ein besonderer Schatz. Alles hier im Haus war sauber, trocken, hell, es gab keine Flecken an den Wänden. Alles makellos weiß. Es roch auch überall gut, kein Ziegengestank mehr. In jeder Beziehung das Gegenteil des Tabakhauses also und das war wunderbar.

„Ich bin schwanger", sagte die Angela zum Albert. Albert lächelte nur und nahm die Angela in den Arm, drückte sie fest an sich.

„Da ist er, der Erbe. Ein Sohn! Für den ich all diese Reisen nach Mailand, all diese Investitionen gemacht habe. Mein Erbe!", dachte sich der Albert und sah sich einmal mehr bestätigt, dass Gott mit ihm Großes vorhatte.

Wohin der Albert an diesem Nachmittag wollte, wussten weder die Angela noch die Mütter. Er sagte nur, dass er einen Weg habe. Die höflichste Art, jemandem mitzuteilen, dass es niemanden etwas angeht, was man so vorhat.

Er ging in den Stall, legte den Sattel auf den Rücken seines Pferdes. Das muss ausgeschlagen haben, denn man fand den Albert eine halbe Stunde später bewusstlos, mit einem zertrümmerten Brustkorb in einer Mischung aus Pferdedung, Blut und Stroh liegend.

„Wir können jetzt nur noch beten, die inneren Verletzungen sind zu schwer. Ich kann nichts mehr für ihn tun", sagte der Arzt und ging.

An einen Transport in ein Krankenhaus war nicht zu denken, der hätte den Albert innerhalb von Minuten umgebracht. So lag er im Delirium in seinem Bett, umringt von den betenden Frauen des Hauses, und wartete darauf, sterben zu dürfen. Er muss unglaubliche Schmerzen gehabt haben, war nur selten ansprechbar. Und wenn er etwas sagte, war kaum zu verstehen, was er da sagte.

Die Angela wich nicht von seiner Seite, schlief auf einem Sessel, der neben dem Bett stand, weinte, konnte ihre Gebete kaum zu Ende bringen vor Verzweiflung. Sie hoffte auf ein Wunder, das aber mit jeder Stunde unwahrscheinlicher wurde.

Das wusste auch die Angela, trotz ihres unerschütterlichen Glaubens. Sie ließ den Pfarrer rufen, um den Albert mit den Sterbesakramenten zu versehen, um seine Stirn und die Hände mit der Letzten Ölung zu salben.

Zwei Wochen nach dem Unglück kam der Bruder ans Bett, nahm die Angela vorsichtig am Ellenbogen und führte sie aus dem Zimmer.

„Ich brauche ein paar Unterschriften, das Geschäft muss ja weitergehen. Ich habe keine Berechtigung dafür, das musst du tun."

Er legte der Angela einen Packen mit Unterlagen auf den Tisch der Stube und drückte ihr eine Füllfeder in die Hand. Vollkommen abwesend unterschrieb sie jedes der Blätter, die der Schwager vor ihr ausgebreitet hatte, ohne auch nur eine Zeile zu lesen, ohne eine Ahnung davon zu haben, was da vor ihr lag. Zwei Tage später war der Albert tot.

Es war eines der größten Begräbnisse, die das Abteital je gesehen hatte. Hunderte Menschen kamen, viele davon kannten den Albert gar nicht. Sie kamen meist nur aus Neugier, weil sie sehen wollten, wie dieser reiche, schöne Mann zu Grabe getragen wurde. Weil sie ein wenig Gerechtigkeit empfanden, dass der, der so viel hatte, es nur so kurz besitzen konnte. Vielleicht auch, um sich selbst daran zu erinnern, dass für jeden einmal der Tag kommen wird.

Am nächsten Morgen stand der Bruder, flankiert von den Müttern, im Schlafzimmer der Angela, die noch im Bett lag. Alle drei verschränkten, wie wenn sie es als Choreografie geprobt hätten, die Arme vor der Brust. Vielleicht, um sich mehr Mut zu machen oder ihren Worten mehr Gewicht zu geben.

Jedenfalls war die Angela noch nicht ganz wach, als der Schwager sie ansprach.

„Nimm dein ganzes Zeug und verschwinde von meinem Hof."

„Damit das nicht so lange dauert, helfen wir dir dabei, schließlich bist du ja schwanger", sagten die Mütter.

Die Angela saß regungslos im Bett und sah zu, wie ihre Kleider, Hüte und Schuhe ohne jede Sorgfalt in den großen Kastenkoffer geworfen wurden. Es schien den Müttern Spaß zu machen, die Verachtung, die sie für die Angela empfanden, an den Kleidern auslassen zu können. Kein einziges Kleidungsstück, das nicht beschädigt wurde dabei.

Die Angela ließ alles über sich ergehen, sagte kein Wort, saß nur da und verschränkte die Hände über ihrem Bauch. Als ob sie das Kind in ihr davor schützen müsste, nicht auch in den Koffer geworfen zu werden.

Das Pferd, das ihren Mann erschlagen hatte, war vor eine Kutsche gespannt. Die Angela bemerkte diese Bösartigkeit sofort, ließ sich aber nichts anmerken. Diesen Triumph wollte sie, wem auch immer diese geschmacklose Idee gekommen war, nicht gönnen. Ihr Koffer und ein paar Kisten lagen auf der Ladefläche, sie stieg auf.

Der Schwager brachte sie nach St. Vigil, gab dem Koffer einen Tritt, um ihn von der Kutsche zu bugsieren, und fuhr grußlos ab. Wieder zurück in St. Vigil. Wieder im Tabakhaus.

„Wenigstens bin ich schwanger und nicht mehr lange allein", dachte sich die Angela.

Natürlich hatten die Leute im Dorf von Alberts Tod

gehört, bemerkt, was sich da vor dem Tabakhaus zugetragen hatte, taten aber so, als ob sie nichts davon mitbekommen hätten, um den Anstand zu wahren. Keiner, der der Angela geholfen hätte, ihr Hab und Gut ins Haus zu tragen. Nur, um ja nicht Gefahr zu laufen, denjenigen, die einen deswegen der Neugier bezichtigen würden, später ihre neugierigen Fragen beantworten zu müssen.

Die Angela sperrte die Tür zum Tabakhaus auf und trug die Kisten in die Stube. Es waren die fünf, von denen der Albert in einem der wenigen hellen Momente am Sterbebett gesprochen hatte, er offenbar ahnte, dass es mit ihm zu Ende ging. Der Inhalt wäre sehr wertvoll, er habe ihn auf mehrere Kisten aufgeteilt, damit sie nicht so schwer wären.

„Wertvoll!", mehr hatte er nicht gesagt. Diese Kisten standen nun alle auf dem Tisch. „Zeit nachzusehen, was mir der Albert da mit auf den Weg gegeben hat", dachte sich die Angela „Wann, wenn nicht jetzt, wo, wenn nicht hier?"

Sie öffnete den Deckel und sah die Goldmünzen. Freude empfand sie keine, eher eine innere Ruhe. Eine Gelassenheit, die man nur empfindet, wenn man weiß, dass alles in Ordnung sein würde, man in Sicherheit ist und wenn auch nur für den Augenblick.

Sie leerte den Inhalt der Kisten in einen Spalt in der Wand hinter der Rauchküche, wo niemand jemals nach irgendetwas suchen würde. Nicht einmal zufällig. Der sicherste Ort im Haus. Im Laufe der nächsten Tage kamen die Verwandten, die ihres Vaters und ihrer Mutter, um Angela zu besuchen. Ihr Beileid auszudrücken, ihr Hilfe anzubieten und natürlich, um endlich zu erfahren, warum sie wieder hier und nicht in Alta Badia war. War ja nicht mehr auszuhalten, nichts zu wissen. Der gesellschaftliche Druck auf die Verwandtschaft, die Dorfgemeinschaft endlich über die Hintergründe zu informieren, war subtil, aber allgegenwärtig.

„Die Leute erkundigen sich jeden Tag bei mir, wie es der Angela geht", sagte eine der Tanten Angelas zu ihrem Mann.

„In Wahrheit wollen sie, dass ich endlich herausfinde, was da los war, und ich mich gefälligst darum kümmern soll, dass sie es auch erfahren."

Es war die gleiche Tante, die Angela davon überzeugen wollte, dass sie den Schwager vor Gericht bringen und verklagen sollte, nachdem sie endlich von Angela den Grund ihrer Rückkehr nach St. Vigil erfahren hatte. Sie ermutigte die Angela, doch um ihr Erbe zu kämpfen, allein schon wegen dem Kind.

„Es ist ja nicht nur dein Geld und Besitz!", sagte die Tante. Die Angela war nicht zu überzeugen. Nicht nur wegen der Goldmünzen in der Wand war ihr das nicht wichtig. Sie wollte sich ganz auf die Trauer um den Albert und die Geburt ihres Kindes konzentrieren. Ein Gerichtstermin, ein Streit ums Erbe schien ihr angesichts dessen nicht einmal nebensächlich. Darum würde sie sich später kümmern, jetzt müsse sie erst einmal beten. Das war das Wichtigste. Beten für den Albert, beten für das Kind, eine Tochter, wie die Angela eine Geburt später erfahren hat.

Und weil sich die Angela und der Albert dank einer Marienstatue kennengelernt hatten, war es naheliegend, das Kind auf den Namen Maria taufen zu lassen.

Als die Maria ein Jahr alt war und das Trauerjahr für den Albert vergangen, hat die Angela ein paar der Münzen aus der Wand genommen, ist nach Innsbruck gefahren und hat sie einem Juwelier verkauft. Der hat sie kurzerhand eingeschmolzen. Man kann davon ausgehen, dass circa ein Viertel aller Eheringe, die in Innsbruck in den kommenden Jahren gefertigt wurden, ursprünglich etruskische Münzen waren.

Jahre später musste sie der Tante am Sterbebett schwören, das Erbe vom Albert einzuklagen. Da war die Maria schon fast zehn Jahre alt. Sie engagierte einen Rechtsanwalt in Bruneck, der Klage gegen den Schwager beim Landesgericht in Bozen einbrachte. Der Prozess dauerte nicht lange, denn der Richter dürfte nicht sehr viel davon gehalten haben, dass eine Frau mit so einem Besitz betraut werden sollte. Er sprach den Schwager vom Vorwurf der Erbschleicherei und der Täuschung frei. Außerdem warf er der Angela vor, den Hof freiwillig verlassen zu haben, nicht gleich gegen das angebliche Unrecht vorgegangen zu sein, viel zu lange damit gewartet zu haben. Zehn Jahre wären eine Ewigkeit bei solchen Angelegenheiten. Jetzt wäre es jedenfalls zu spät.

Das Kind sollte aber trotzdem etwas erben. Quasi als Kompromiss einen Pflichtteil von 50.000 Kronen, nach heutigem Wert in etwa 300.000 Euro, bekommen. Sobald das Geld ans Gericht überwiesen wäre, wäre das Urteil rechtskräftig. In einem Überschwang an Patriotismus verfügte der Richter zusätzlich, dass das Geld in österreichische Kriegsanleihen zu investieren wäre. Damit wäre das Geld nicht nur geschützt vor dem unbefugten Zugriff anderer, sondern auch ein großer Ertrag für das Kind sichergestellt. Denn der Sieg der glorreichen österreichischen Armee wäre nur eine Frage von wenigen Wochen. Damit erntete der Richter „Hoch!"- und „Vivat!"-Rufe und begeisterten Applaus von den zahlreichen Prozessbeobachtern. Die waren aber nur im Saal, um sich einen guten Platz für die Verhandlung eines besonders brutalen Raubmörders am Nachmittag zu sichern. Der Prozess von der Angela war für sie nur die Vorspeise. Und jetzt vom Tisch.

Keine Rückkehr nach Alta Badia also. Kein großes Haus, kein italienisches Badezimmer. Sie hätte sich dort auch nicht wohl fühlen können, der Verwandtschaft vom Albert und dem Gerede der Leute wegen. Außerdem würde sie den Zustand des Tabakhauses, finanziert durch die Innsbrucker Eheringe, verbessern. Jedes Jahr ein bisschen. Diese Aussicht ließ sie sogar ein wenig froh darüber sein, den Prozess verloren zu haben.

Das erzählte sie aber niemandem, sagte nur: „Es war halt Gottes Wille!", was ihren Ruf als fromme Frau weiter festigen sollte.

Ihr Schwager überwies noch am Tag des Prozesses – finanziell unterstützt von den Müttern – das Geld ans Gericht. Als er keine zwei Wochen später das Urteil in schriftlicher Form erhalten hatte, es also schwarz auf weiß von einem kaiserlich-königlichen Gericht bestätigt bekommen hatte, dass jetzt alles rechtmäßig ihm gehörte, ging er feiern.

Keiner, der an diesem Tag im Wirtshaus von Alta Badia war, musste bezahlen. Und alle waren sie besoffen. Die Schnaps-, Wein- und Biervorräte des Hauses waren nahezu aufgebraucht, als der Wirt im Morgengrauen die letzten Gäste vor die Tür setzte. Der Schwager verabschiedete sich mit dem Versprechen, gleich am nächsten Tag die Zeche zu begleichen, und ging nach Hause. Er nahm eine Abkürzung über das Grundstück des Nachbarn, von dem er wusste, dass der heute sicher nicht mehr in der Lage wäre, sich darüber zu beschweren. Dafür war der zu betrunken.

„Ich werde jetzt ein italienisches Bad nehmen. Das steht mir zu. Ich bin der Herr des Hauses", dachte er, rutschte aus und in die Jauchegrube des Nachbarn. In der er ersoff, weil niemand seine Hilfeschreie hörte.

Zwei Tage hat es gedauert, bis man ihn gefunden hat. Geerbt haben dann die Mütter, die wiederum den Besitz der heiligen katholischen Kirche vermachten. Sicherheitshalber.

Urgroßmutter Rosina Palfrader
vulgo Findel

Sie lag, keine Woche alt und in raue Tücher gewickelt, auf der Schwelle eines Hofes in Enneberg. Keine Nachricht, keinerlei Hinweis auf die Herkunft dieses Kindes. Normalerweise, so selten das auch vorgekommen ist, wurden solche Kinder in der Kirche abgegeben. Beim Pfarrer. Nachdem man ihm alles gebeichtet hatte. Vor allem, wer der Vater war. Das war wichtig. Einer musste doch den Überblick behalten. Über die gelegentlichen Seitensprünge, die langjährigen Affären und die daraus resultierenden Kinder.

Nicht, dass am Ende noch Halbgeschwister, die keine Ahnung von ihrer engen Verwandtschaft hatten, heiraten und deren Kinder weiß der Teufel welche Beeinträchtigungen erben würden. Das war nicht nur gegen das Gesetz Gottes, das war auch gegen das Gesetz der Natur. Das wusste niemand besser als der Pfarrer. Jeder Pfarrer damals. Der alte, längst verstorbene Pfarrer soll sogar Buch geführt haben. Für den Fall, dass er zu Gott gerufen würde, sein Nachfolger alle wichtigen Informationen zur Verfügung hätte, damit nur ja nichts Diesbezügliches passieren konnte.

Bei einem Paar vermutete man im Dorf, dass er eingreifen musste. Da waren sich fast alle einig. Denn beim

Anmelden einer Hochzeit hatte er dem Brautpaar erzählt, dass ihm in einem Traum der heilige Valentin von Terni erschienen wäre und ihm aufgetragen habe, dieser Ehe den Segen zu verweigern. Und wenn die beiden Brautleute nicht auf ewig in der Hölle schmoren wollten, sollten sie das akzeptieren. Sonst sähe er schwarz für ein glückliches Leben, sowohl vor als auch nach dem Tod.

„Wird wohl ein Kuckuck zugeflogen sein", haben die einen gesagt.

„Die Frage ist, bei wem von die zwei!", die anderen.

Auch in diesem Fall wusste der Pfarrer, wer die Eltern waren, konnte aber nur sagen, dass sie nicht aus Enneberg und auch nicht aus St. Vigil waren. Mehr nicht. Beichtgeheimnis. Der Name, den die leibliche Mutter für ihre Tochter ausgesucht hätte, wäre Rosina, sie würde sich freuen, wenn der Vorschlag angenommen werden würde, sagte der Pfarrer. Für ihn war das Ablegen vor der Tür eines kinderlosen Paares ein Akt Gottes. Eine Gnade, die den Kinderlosen zuteilwurde, vom Himmel abgesegnet. Und da ihm die Entscheidungen Gottes wichtiger waren als die Buchstaben des Gesetzes, meldete er nicht ein Findelkind an die Behörden, sondern die Geburt eines Mädchens, das auf den Namen Rosina getauft wurde. So wurde sie aber nur von den Eltern genannt. Für den Rest des Dorfes war sie die Findel.

Für das fromme, kinderlose Ehepaar des Hofes war die Findel eine Antwort auf ihre Gebete. Jahrelang hofften sie, gingen zur Kirche, beteten unzählige Rosenkränze, baten den Pfarrer um seinen besonderen Segen. Vor jedem Coitus ein „Gegrüßet seist du Maria". Sicherheitshalber. Nichts! Woran es lag, weiß man nicht, wahrscheinlich auch am Beten. Und dann, eines Tages, liegt da ein Kind auf der Schwelle. Ein Wunder!

Dass die Findel einen Sonderstatus im Ort hatte, lag nicht an ihrer unbekannten Herkunft, sondern war mehr dem Umstand geschuldet, dass sie ein Einzelkind war. Eine „normale" Familie hatte vier Kinder. Manche über zehn. Das war eine Familie. Aber ein Kind? Nicht einmal die ganz Alten konnten sich erinnern, ob es so etwas jemals gegeben hatte.

Die anderen Kinder beneideten sie ein wenig dafür, dass sie keine Geschwister hatte. Nicht immer teilen zu müssen, ein Zimmer ganz für sich zu haben. Keines ihrer Kleidungsstücke war schon vorher von einer oder von mehreren Schwestern getragen worden. Ihre Sachen waren neu! Makellos. Ohne Flicken, ohne Flecken.

Als die Findel acht oder neun Jahre alt gewesen sein muss, beobachteten Nachbarn eine Frau, die um den Hof von Findels „Eltern" schlich. Meistens sonntags. Ihr Kopftuch war tief ins Gesicht gezogen, keiner wusste, wer sie war, was sie da wollte. An einem Tag versteckte sie sich hinter einem Baum und beobachtete die Findel beim Füttern der Hühner. Dann wieder hinter einem Gebüsch an der Straße, als die Findel von der Schule nach Hause kam. Das ging ein paar Monate so. Mal war sie da, dann wieder länger nicht. Dann wurde sie oft von den Holzknechten, die aus dem Wald zurückkamen, oder jemand anderem gesichtet. Dann war sie verschwunden. Ist nie wieder aufgetaucht.

„Komisch!", sagten die einen.

„Sehr komisch!", die anderen.

Nicht, dass man darüber gesprochen hätte, aber seltsam war es schon, dass vor ihrem Verschwinden in einer Nacht Geschrei und Lärm zu hören waren, auf dem Hof. Aus dem Stall oder der Holzschupfe, so genau konnte man das nicht sagen, so nahe, wie die beieinanderlagen.

„Eine Kuh hat gekalbt" war die Erklärung, mit der alle zufrieden waren. Dass sie in diesem Jahr alle Schweine verkauften und kein einziges zum selber Schlachten behielten, fiel niemandem auf.

Die Jugend von Maria unterschied sich ebenfalls von der der anderen Mädchen im Dorf. Sie musste keine Lehre machen, musste nach der Schulzeit auch nicht arbeiten gehen, so wie alle anderen. Sie konnte zu Hause bleiben. Denn der Vater züchtete im Nebenerwerb Hunde der Rasse Deutscher Drahthaar und richtete sie für die Jagd ab. Er hatte vor allem unter den Jägern Italiens einen sehr guten Ruf.

Ein Hund aus seiner Züchtung war so etwas wie ein Statussymbol. Denn billig waren sie nicht. Die Hunde waren gesund, waren bis ins hohe Alter einsatzfähig, ihre Psyche robust. Sie konnten sogar im Haus gehalten werden und nicht wie üblich an der Kette oder in einem Zwinger. Und was das Wichtigste war, sie folgten aufs Wort. Auf Italienisch und auf Deutsch, je nach Bestellung.

Bis nach Verona verkaufte er seine Hunde. Und daran hatte die Findel einen großen Anteil. Sie hatte ein unglaubliches Gespür bei der Erziehung der Hunde, die sie schon als Kind vom Vater übernahm. Schlug sie nie, so wie es damals üblich war. Es gab keine Brutalitäten, um den Hund zu brechen, willenlos zu machen. Sie wusste instinktiv, wie man sie zu behandeln hatte, und auch, wie unterschiedlich Welpen eines Wurfes sein konnten. Sie war es auch, die den Hunden Namen gab, alle aus der Fanes-Sage. Ihre Lieblingshündin, die schon dreimal geworfen hatte, nannte sie Dolasilla.

Stand ein Wurf an, übersiedelte die Findel das Muttertier in ihr Zimmer, baute neben dem Bett ein Nest aus alten Tüchern und Kleidungsstücken für den Hund und begleitete die Geburt der Welpen, wenn es so weit war. Ihr waren die Hunde weit lieber als die Menschen. Immer schon, das hielt auch im Erwachsenenalter an.

Deswegen hatte sie auch kein Problem damit, noch keinen Verlobten zu haben oder nicht verheiratet zu sein wie die meisten ihrer Freundinnen. Obwohl sie schon Mitte zwanzig war, ungewöhnlich zu dieser Zeit. Und das lag nicht daran, dass es keine Kandidaten gegeben hätte. Im Gegenteil. Denn sie hatte ja keinen Bruder, der den Hof übernehmen sollte oder konnte. Sie würde einen Hof mit in die Ehe bringen.

Alle jungen Männer, die vom Schicksal einen oder sogar mehrere Brüder vor die Nase gesetzt bekommen hatten und dadurch nichts oder zumindest nur sehr wenig erben würden, wussten das ebenfalls. Deshalb standen die Burschen auch Schlange vor ihr, um mit ihr tanzen zu dürfen. Bei den Markt- oder Kirtagen, bei Hochzeiten, bei jeder sich bietenden Gelegenheit, bei der es Musik gab. Nur, um einen Augenblick mit ihr allein sein zu können. Nur, um die Chance zu erhöhen, ihr zu gefallen und gegebenenfalls erhört zu werden.

Selbstverständlich genoss sie die Aufmerksamkeit, gefielen ihr die Komplimente und die kleinen und größeren Geschenke, die sie bekam. Von denen, die sie umschmeichelten, wollte sie aber keinen. Und das, obwohl die jungen Männer sich wirklich Mühe gaben.

„Bei der Findel musst du ein Fell haben, um ihr Herz zu erobern", sagten die einen.

„Und stubenrein muss man auch sein, das seid ihr nicht", sagten die anderen zu den Burschen. Die gaben dann auf, der Findel gefallen zu wollen. Wenig Hoffnung auf Erfolg ist das eine, aber sich deswegen auch noch die spitzen Bemerkungen der Alten anhören zu müssen, war eine Demütigung zu viel.

Die Findel konnte diese Besessenheit nicht nachvollziehen. Sie selbst machte sich diesbezüglich keine Gedanken, wusste, sie würde schon irgendwann einen treffen, der ihr gefiel. Und wer weiß, vielleicht würde sie ihm auch gefallen. Beim Ausliefern der Hunde, wenn sie den Vater nach Verona, Lienz oder Innsbruck begleitete, zum Beispiel.

„Manchmal kommen ja auch deutsche Jagdgäste auf den Hof, um einen Hund zu kaufen. Da könnte ja auch einer daherkommen, wo's passt", dachte sich die Findel. „Oder auch nicht. Wäre das so schlimm?! Keine Eile jedenfalls, wir werden sehen, was passiert."

Sie las sehr viel, konnte nicht verstehen, warum das die anderen nicht auch machten. Gedichte, Romane, Reiseberichte, alles, was ihr in die Finger kam. Vor allem Zeitungen. Die bekam sie vom Rezeptionisten eines Hotels in Bruneck. Der sammelte für sie die Zeitungen aus Berlin, Rom, Prag, München und Wien, die die internationalen Gäste entweder mitgebracht hatten oder sich per Post kommen ließen.

Einmal im Monat holte die Findel die alten Zeitungen ab. Die Mutter schüttelte jedes Mal den Kopf, wenn sie mit einem prall gefüllten Rucksack nach Hause kam. Auch weil sie wusste, dass die Findel in den nächsten Tagen unansprechbar sein würde. Nur mit einer Zeitung in der Hand anzutreffen. Unfähig, sich um irgendetwas zu kümmern.

Sie las alles, aber zuerst die Artikel über Wissenschaft und Kultur. Die Findel war fasziniert von den Entdeckungen in Physik und Chemie, dem Fortschritt, der diesen folgte, und den neuesten Erkenntnissen in der Medizin. Sie las über die neuen Ideen, wie eine Gesellschaft funktionieren könnte, über die elektrische Bahn, die unterirdisch in London fuhr, über das, was in Wien in der Malerei, in der Musik, Architektur und im Kunsthandwerk an neuen Werken geschaffen wurde.

Obwohl sie so weit davon weg war, fühlte sie so etwas wie eine Aufbruchsstimmung, wenn sie von Wien las. Als wäre sie ein Teil davon, obwohl sie hier niemals weggehen würde, Wien wahrscheinlich nie besuchen würde können, das wusste sie. Machte ihr aber auch nichts aus.

„Was hat dir an der heutigen Predigt am besten gefallen?“, fragte sie die Angela dal Tabac nach der Sonntagsmesse.

Die Findel hatte keine Antwort und sagte deshalb: „Alles.“

Um nicht Gefahr zu laufen, einen Vortrag über die Schönheit des Wortes Gottes von der Angela hören zu müssen. Oder vom ewigen Leben und wie schön es im Paradies werden würde.

„Wenn es nach dem Tod etwas gibt, dann wäre ein ewiges Leben mit dir nicht das Paradies, sondern die Hölle, du hohle Nuss!“, dachte sich die Findel und ließ einen Vortrag über irgendeine der Todsünden über sich ergehen. Welche genau, hätte sie nicht sagen können, sie hörte schon lange nicht mehr zu. Dabei sah sie im Augenwinkel Josef di Fordi, wie er den Pfarrer mithilfe seines Bauches gegen die Wand der Kirche drückte und mit dem Zeigefinger vor seinem Gesicht herumfuchtelte.

„Als würde er ihm gleich ein Aug ausstechen wollen. Diese Predigt würde ich gerne hören, das wäre interessant!“, dachte sich die Findel.

„Willst du nicht in eine Stadt gehen? Du könntest ganz anders leben, in Wien. Dort hättest du deine Zeitungen, deine Museen und Leute, mit denen du reden willst und kannst“, sagte der Vater, der schon lange begriffen hatte, was der Findel fehlte.

„Dada, ich weiß den Vorschlag wirklich zu schätzen, aber ich fühle mich hier wohl. Das ist mein Zuhause! Ich habe meine Hunde, das reicht mir“, sagte die Findel und blieb. Dann wurde sie krank. Anfangs war es nur eine Verkühlung,

„Nichts Schlimmes!“, sagte die Findel zur Mutter, die sie besorgt ansah. Dann kamen der Ausschlag und das Fieber. Der Arzt wurde gerufen, stellte aber nur fest, was die Mutter ohnedies sah. Sie fieberte. Warum, wusste er auch nicht.

Über Wochen konnte sie nur Hühnersuppe zu sich nehmen. Alles andere erbrach sie sofort. Sie schlief nahezu rund um die Uhr, und wenn sie wach war, sprach sie nur wirres Zeug. Sie sagte, dass sie der Zauberer Spina de Mul in einer Höhle gefangen hielt und die Mutter die Dolasilla bitten solle, ihr zu helfen. Als Dank könne sie der Dolasilla verraten, wo die Rajëta wäre. Und wenn Dolasilla nicht helfen wolle, vielleicht kommt der Ey de Net und rettet sie.

Die Mutter machte sich jetzt noch größere Sorgen, denn sie wusste nicht, ob die Findel von ihren Hunden sprach oder glaubte, Teil der Fanes-Sage zu sein. Da der Arzt nicht helfen konnte, er nur Bettruhe und Hühnersuppe verordnete, das Fieber aber trotzdem nicht zurückging, rief man nach der Stasi di Maschung. Der alte Pfarrer hielt das für Teufelszeug, hatte der Stasi sogar einmal eine Predigt gewidmet. Ohne sie dabei zu erwähnen, aber jeder wusste natürlich, dass von ihr die Rede gewesen war. Er meinte, dass man die Finger von solchen Praktiken lassen sollte, man ja nicht wissen könne, ob man sich damit nicht unabsichtlich den Teufel ins Haus hole.

Sein Nachfolger hatte kein Problem mit der Stasi. Für den jungen, erst seit Kurzem in der Gemeinde tätigen Pfarrer war die Stasi eine kräuterkundige, klein gewachsene Frau mit den wahrscheinlich freundlichsten Augen, die ein Mensch haben kann, und von der nichts Böses ausgeht. Man wusste von der Stasi zwar, dass sie im Frühling, Sommer und Herbst unterwegs war, um Blumen, Kräuter und Wurzeln zu sammeln, nicht aber, was sie da in ihren Korb tat. Und noch weniger wusste man, was sie damit machte. Nur, dass es half, wenn sie kam und einem etwas von ihren Mischungen gab.

Die Stasi setzte sich ans Bett und beobachtete die Findel. Über eine Stunde saß sie da und schaute ihr beim Schlafen zu. Beugte sich kurz über sie, roch an ihrem Atem und schaute dann wieder. Nahm Findels Hand zwischen ihre, untersuchte die Fingerspitzen und legte sie wieder zurück aufs Bett.

Schließlich stand sie auf und sagte: „Ich weiß jetzt, was ich zu tun habe" und ging. Am nächsten Tag kam sie wieder und schmierte der Findel eine Salbe hinter das Ohr und unter das Kinn, eine andere auf die Lippen. Sie gab der Mutter eine kleine Flasche mit der Anweisung, jeden Tag etwas davon in die Suppe zu geben.

Eine Woche später war die Findel gesund und sie konnte sich wieder um ihre Hunde und ihre Zeitungen kümmern. Gerade noch rechtzeitig, um ihren Vater bei einer Reise begleiten zu können. Der hatte vor Kurzem einen Brief erhalten, dass es einen Rüden, der perfekt für die Zucht geeignet wäre, zu kaufen gäbe, und fuhr zu diesem Zweck mit der Findel nach München. Es beruhigte den Vater, dass die Findel während der Zugfahrt kein Wort mit ihm sprach, nur in die Zeitungen vertieft war, die sie am Bahnhof gekauft hatte. Es sah ihr gern beim Lesen zu, nicht zuletzt, weil es ein Zeichen dafür war, dass sie wieder gesund war.

In München angekommen bezogen sie eines der billigen Hotels in der Ludwigvorstadt. Genauer gesagt, im Glockenbachviertel. Dort gab es ein Hotel, in dem Hunde erlaubt waren.

Größtenteils waren es Stundenzimmer, die von Damen und ihren Kunden gemietet wurden, aber es stiegen auch Vertreter und Geschäftsleute dort ab, die sich kein besseres Hotel leisten konnten oder wollten. Bunt durchmischtes Publikum also, da fällt ein Hund nicht weiter auf. Sie waren schon öfter, allerdings bei der Auslieferung von Hunden, dort abgestiegen, wenn es sich nicht vermeiden ließ und sie in München übernachten mussten.

Diesmal wollte die Findel mit einem ihr unbekannten Hund, noch dazu einem Rüden, mindestens einige Stunden verbracht haben, bevor sie sich mit ihm acht Stunden lang in einen Zug setzen würde und dabei noch dazu dreimal umsteigen musste. Sie wollte das Wesen des Tiers ein wenig kennenlernen, vor der langen Reise.

Die Verkäuferin des Hundes war die Witwe eines Fuhrwerksunternehmers, der leidenschaftlicher Jäger war. Die Frau wollte sich nicht mehr um den Hund kümmern. Ein Jagdfreund ihres Mannes empfahl ihr die Findel beziehungsweise ihren Vater als potenziellen Käufer. Er kannte die Zucht schon lange, hatte einen Hund in St. Vigil gekauft, da war die Findel noch ein kleines Kind.

Kaum hatten sie den Pferdestall betreten, in dem der Hund gehalten wurde, sprang dieser gegen das Gitter seines Zwingers.

„Brauchen S' keine Angst haben vor dem Pacco, der hat seit letzter Woche auch noch zusätzlich eine Kette, seit er einen von meinen Kutschern gebissen hat", sagte die Witwe.

Rasend vor Wut warf sich der Hund bellend und zähnefletschend an das Gitter des Zwingers und biss dabei in die Stäbe. Dass ihm das Halsband die Luft abdrückte, machte keinen großen Eindruck auf ihn.

„Das hätten sie mir schon schreiben müssen, dass der Hund so aggressiv ist! Der ist für die Zucht nicht geeignet", sagte der Vater und drehte sich um.

„Wart ein bissl", sagte die Findel, aber auf Ladinisch, damit sie sich ungestört unterhalten konnten. „Geh du und trink ein Bier oder zwei und ich bleib hier bei ihm. Vielleicht ist er doch was für uns."

„Hast du nicht gehört? Der Hund heißt Pacco. Brauch ich dir wohl nicht zu sagen, dass das auf Italienisch ‚Beschiss' heißt. Wir fahren nach Hause!", sagte der Vater.

Dass er nicht gerade gut gelaunt war, bekam die Witwe mit, obwohl sie kein Wort verstand.

„Wäre doch schade, wenn wir so weit gefahren wären für nichts", sagte die Findel. In diesem Tonfall, den der Vater so hasste, weil er ihn beruhigte, er aber wütend sein wollte.

„Also gut, dann komme ich in drei Stunden wieder. Aber Geld kriegt sie auf keinen Fall für diesen Teufel, so wie der sich aufführt. Mit dem Besitzer eingraben hätte man ihn sollen, den Beschiss", sagte der Vater, zufrieden darüber, ein wenig Zorn abgelassen zu haben. Er ging in den nächsten Biergarten.

Als die Findel mit dem Hund allein war, lehnte sie sich mit dem Rücken an das Gitter des Zwingers. Entweder ging dem Tier die Energie aus oder er merkte die Sinnlosigkeit seines Tuns, jedenfalls beruhigte sich der Pacco. Die Findel begann, ladinische Kinderlieder zu singen, und warf ihm alle paar Minuten kleinste Speckstückchen, die sie eigentlich für die Zugfahrt und als Belohnung für gutes Benehmen vorgesehen hatte, hin. Nach einer Stunde lag er ruhig da.

Als der Vater mit einem respektablen Bierrausch nach drei Stunden zurückkam, saß die Findel im Zwinger und kraulte den Hund, der seine Vorderpfoten über ihre Oberschenkel gelegt hatte. Entsprechend überrascht war er.

„Verfluchter Teufel! Ich geh jetzt zur Alten und sag ihr, dass ich den Hund gratis mitnehme, bevor sie ihn so sieht und am Ende noch ein Geld haben will."

So besoffen war er auch wieder nicht, dass er zahlen würde für den Hund.

Am nächsten Tag brachten die Findel und der Vater einen Hund nach Hause, der nicht nur folgsam und ruhig, sondern auch gratis war.

Der Pacco war in den nächsten Jahren für jede Menge wunderbarer Welpen mitverantwortlich und die Findel entsprechend zufrieden mit ihm. Das Leben der Findel hätte sich nicht großartig verändert, wäre nicht eines Tages der Josef di Fordi mit einer ihrer Hündinnen vorbeigekommen.

Urgroßvater Josef Palfrader
vulgo Josef di Fordi

Der Josef wurde am 14. Mai 1868 in St. Vigil in Enneberg geboren. Genauer gesagt, auf Fordi. Ein Hof hoch oben über der Ortschaft. Er war der älteste von vier Brüdern, die jeweils im Abstand von einem Jahr zur Welt kamen. Das wäre zur damaligen Zeit nicht weiter außergewöhnlich gewesen, hätten die Brüder nicht allesamt am 14. Mai Geburtstag gehabt.

Die Wahrscheinlichkeitsrechnung lehrt uns, dass es wahrscheinlicher ist, dass etwas Unwahrscheinliches passiert, als dass es gar nicht passiert. Und das mag wohl stimmen, aber die Wahrscheinlichkeitsrechnung hat offenbar nicht einberechnet, dass der Vater vom Josef ein nicht ganz nachvollziehbares Verhältnis zur Obrigkeit hatte. Vor allem Personen, die die Behörden vertraten, waren Ziel seiner Ablehnung.

Bei jeder sich bietenden Gelegenheit versuchte er, sie entweder in die Irre zu führen und/oder sie, so gut es ging, zu boykottieren. Der Bürgermeister, aber auch der Pfarrer konnten ein Lied davon singen. Das war allseits bekannt und hatte sich sogar bis ins Stadtamt in Bruneck durchgesprochen. Sein Hass auf Instanzen jeder Art trieb den Josef zu skurrilen Formen des Protestes an. Ein Beispiel dafür war, dass er die Geburt seines zweiten Sohnes dafür nutzte. Als die behördlich gemeldet wurde, hielt der Standesbeamte es noch für einen Zufall, dass die Brüder den gleichen Geburtstag hatten. Bei Kind Nummer drei wurde er skeptisch, bei Nummer vier wollte er es nicht mehr glauben und sprach den Vater darauf an.

„Warst du bei der Geburt dabei? Na also! Dann beweis mir halt das Gegenteil, du Arschloch!"

Sprach der Josef und verschwand wieder auf seinen Hof. Selbstverständlich hatten die Brüder nicht am selben Tag Geburtstag. Oft vergingen Monate nach der Geburt, bis er sein Kind registrieren ließ, nur um den Behörden das falsche Datum nennen zu können. Der oberste Amtsleiter hat irgendwann die Order ausgegeben, diese Angaben zu akzeptieren. Man wollte einfach keine Probleme mit dem Verrückten aus St. Vigil haben. Hauptsache, die Buben sind gesund, ist doch egal, wann die wirklich Geburtstag haben. Akt zu und gut.

Neun Jahre war er alt, der Josef, als seine Mutter vollkommen überraschend starb. Mit nur 29 Jahren. Einfach nicht mehr aufgewacht. Arzt hat man keinen gerufen, denn tot war tot. Was sollte da ein Arzt? Bis der da war, war sie doch schon unter der Erde. Und woran jemand gestorben war, war von geringem Interesse. Hauptsache, die Seele ist im Himmel. Hoffentlich.

Für den Josef war der Verlust der Mutter in mehrfacher Hinsicht schlimm, für die drei jüngeren Buben aber eine Katastrophe. Nahezu täglich weinten sie und fragten, wann die Mama wieder nach Hause käme. Es war ihnen nicht beizubringen, dass sie tot war, nie mehr wieder kommen würde.

Das war wahrscheinlich mit ein Grund dafür, warum der Vater vom Josef sich nicht lange mit Trauer um seine Frau aufhalten wollte. Eine Sentimentalität, die vollkommen unangebracht war. Denn warum stirbt die denn auch einfach so? Ohne Ankündigung, ohne sich Gedanken darüber zu machen, wie er sich jetzt um den Hof, die Tiere und die Kinder kümmern sollte. Ganz allein! Er werde jetzt wieder heiraten. Aber eine gesunde Frau! Eine, die weiß, was sich gehört, und nicht einfach stirbt, wenn es ihr gefällt.

Doch alle Bemühungen des Vaters, durch eine neuerliche Heirat dem Josef und seinen Brüdern eine neue Mutter zu besorgen und sich damit die Arbeit im Haus und mit den Kindern vom Hals zu schaffen, verliefen erfolglos. Niemand wollte zum seltsamen Fordi und seinen vier Buben.

„Dann lieber doch noch warten. Wer weiß?“, sagten sich die unverheirateten Frauen. „Vielleicht hat man ja Glück und es stirbt noch eine andere Frau, auf einem schöneren, größeren Hof mit einem verträglicheren Mann. Ja, so einen Witwer könnte man heiraten. Aber den Fordi? Dann lieber einen Jungen, der keinen Hof hat, oder gleich ins Kloster!“

Und so dachten nicht nur die ledigen Frauen, auch die Witwen, die noch im heiratsfähigen Alter waren. Damit blieb die Erziehung der jüngeren Kinder am Josef hängen. Denn sein Vater hatte wenig Interesse an seinen Nachkommen.

Nur vier Monate nach dem Tod seiner Frau und ein paar erfolglose Heiratsanträge später ging er zum Dorflehrer.

„Drei Jahre in der Schule sind genug, außerdem wird der Josef am Hof gebraucht“, hat er gesagt.

Der Lehrer brauche doch den Behörden gegenüber nur anzugeben, dass der Bub immer anwesend sei, überprüft doch ohnedies niemand! Damit wäre das Problem doch gelöst.

Die Aussicht auf eine wöchentliche Ration, bestehend aus einem Dutzend Eiern und einem halben Kilo Butter, die Aussicht, nicht mehr mit dem Fordi reden zu müssen, überzeugte den Lehrer. Jedes Jahr stellte er ein Zeugnis aus, ohne dass der Josef auch nur einen Fuß in die Schule gesetzt hätte. Als er 17 Jahre alt war, hat Gott oder der Teufel, wer weiß das schon, dann doch ein Einsehen gehabt und der Vater wurde beim Fällen eines Baumes von einem Ast erschlagen.

Das Begräbnis war eine traurige Angelegenheit. Nicht, weil irgendjemand eine Träne vergossen hätte, im Gegenteil. Es waren nur fünf Personen anwesend. Der Pfarrer und die vier Brüder. Sonst niemand. Selbst Leute, die zufällig am Friedhof waren, um das Grab eines Verwandten zu besuchen oder zu pflegen, verschwanden so unauffällig wie möglich. Um ja nicht dabei sein zu müssen, wenn man den Fordi eingräbt. Nur, um ja nicht Gefahr zu laufen, etwas sagen zu müssen. Über den Fordi oder, noch schlimmer, irgendetwas zu den Buben.

„Wie ich amal eine tote Katz vergraben hab, waren mehr Leut dabei!“, hat einer gesagt.

„Über Tote sagt man nix Schlechtes, deshalb halt ich mein Maul!“, ein anderer.

In der Absicht, den Hof selbst zu übernehmen, das Erbe an sich reißen zu können, informierte ein entfernter Verwandter die Behörden in einem Brief darüber, dass sich da Minderjährige auf dem Hof Fordi befänden. Nach dem Tod der Eltern ohne Obhut eines Erwachsenen wären. Und geschäftsfähig wäre auch keiner von denen.

Abgesehen davon: Sein Cousin hätte ihn am Sterbebett darum gebeten, den Hof zu übernehmen und sich um die Söhne zu kümmern. Er ersuche das Gericht also darum, ihn als Besitzer des Hofes anzuerkennen und ihm das Sorgerecht für die vier Kinder zu übertragen. Er werde sein Bestes tun, damit es den Buben gut ergehe. Er wäre ihnen wie ein Vater, das schwöre er bei der heiligen Gottesmutter.

Es kam zuerst zu einer Anhörung, dann zu einem Gerichtsverfahren, in dem der Josef dem Richter glaubhaft versicherte, dass sein Vater wohl verrückt gewesen sein musste. Denn sein Geburtsdatum wie auch die Geburtsdaten seiner Brüder seien vollkommen falsch. Angegeben entweder in böswilliger Absicht oder im Zustand geistiger Umnachtung. Vielleicht beides? Man könne es sich in der Familie nicht erklären, warum er das gemacht habe, der Vater. Denn er wäre in Wirklichkeit schon 21 Jahre alt.

Er dürfte sehr überzeugend gewesen sein, der Josef. Sowohl der Standesbeamte als auch der Oberamtsleiter bestätigten dem Richter, dass es sich beim Vater der Buben um einen Wahnsinnigen gehandelt haben müsse und die Angaben vom Josef korrekt wären. Wahrscheinlich, um dem Fordi post mortem noch eins auswischen zu können. Der Prozess endete damit, dass dem Josef das Erbe zugeschrieben wurde und er den Hof übernehmen konnte.

Der Josef dürfte aber ein wenig mehr als nur den Hof von seinem Vater geerbt haben. Denn auch sein Verhältnis zu den Behörden war nicht ganz einfach. Zur Begleichung einer Steuerschuld ging der Josef aufs Finanzamt, aber anstatt den Betrag an der Kassa in Bargeld zu übergeben, brachte er eine Kuh mit, die er an den Schreibtisch des nächstbesten Beamten band.

„Die Milch in der Kuh kannst behalten, das sind die Zinsen, du Arschloch!"

Sprachs und verschwand wieder auf seinen Hof.

Auch im Ort galt der Josef als Sonderling, war alles andere als beliebt. Er hatte überall Schulden, aber keine besondere Motivation, diese zu begleichen.

„Er hat kein Problem mit seinen Schulden, das Problem haben die, die ihm das Geld gegeben haben!", sagten die einen.

„Das sehen die nie wieder, des Geld!", die anderen.

Man hielt ihn auch für faul und ungeschickt. Konnte doch ein jeder sehen, in welchem Zustand sein Vieh war, die Zäune, die Wiesen, das Dach seines Stalls und überhaupt.

„Kein Wunder, dass er während der heiligen Messe schläft, der Fordi! Er arbeitet ja die ganze Woche so hart", haben sie einander in der Kirche zugeflüstert. Ins Gesicht hätte ihm das aber niemand gesagt. Denn der Josef ist körperlicher Gewalt nicht ausgewichen, im Gegenteil. Er hätte ihretwegen sogar einen weiten Umweg in Kauf genommen.

Schon in seiner Jugend war er bekannt dafür, ohne triftigen Grund brutale Schlägereien vom Zaun zu brechen. Oder harmlose Rangeleien, an denen er ursprünglich gar nicht beteiligt war, in Tumulte zu verwandeln, an deren Ende mehrere Verletzte am Boden lagen. Oft genug auch er selbst. Was ihn nicht im Geringsten zu stören schien.

Auch zu Hause, am eigenen Hof, standen Konflikte auf der Tagesordnung. Dafür hat es nicht viel gebraucht. Ein Kübel, der nicht dort stand, wo er sollte, ein Handschuh, der nicht auffindbar war. Banalitäten genügten. Zwei seiner Brüder wollten das irgendwann nicht mehr hinnehmen und verließen den Hof, sobald sie alt genug dafür waren.

„Soll er doch schauen, wie er allein zurechtkommt, dieser Wahnsinnige“, sagte der eine Bruder.

„Vielleicht haben wir ja Glück und es erschlägt ihn demnächst einer“, der andere.

Jetzt war nur noch sein jüngster Bruder da. Der hielt ihm unerschütterlich die Treue. Weil er im Josef einen unbesiegbaren Helden sah, einen, der sich nichts gefallen ließ. Der Bruder ertrug die Schläge und Beschimpfungen nicht nur, er empfand sie sogar als gerechte Maßregelung für sein eigenes Fehlverhalten.

Allein hat man ihn nie angetroffen. Weniger in, mehr als Begleitung vom Josef. Immer ein, zwei Schritte hinter ihm. Beim Namen hat ihn niemand genannt, wozu auch? Man wollte mit ihm noch weniger zu tun haben als mit dem Josef. Und wenn man über ihn gesprochen hat, dann war nur vom Kettenhund die Rede. Und der Vergleich war gar nicht so weit hergeholt. Denn er war gut abgerichtet und aggressiv wie ein scharfer Hund. Oft hat ein Blick seines Bruders gereicht und er begann, jemanden anzupöbeln.

Als der Pfarrer den Josef seiner Gewaltausbrüche wegen zur Rede stellte, soll der ihm ein paar Ohrfeigen angedroht haben und dass der Pfarrer froh sein könne, dass er so gut gelaunt wäre. Sonst hätte er ihn schon längst in den Bach geworfen, wer weiß, vielleicht sogar ersäuft.

Was dem Josef di Fordi wiederum einen Brief des Bischofs von Bozen, der Hochwürdigsten Exzellenz Simon Aichner, einbrachte. Eine Drohung des Bischofs, bei einem neuerlichen Übergriff dieser Art gegebenenfalls in Rom vorzusprechen und für seine Exkommunikation zu sorgen.

Was viele zum Umdenken gebracht hätte, hatte bei ihm nur die Konsequenz, dass er den Brief rahmen ließ und ihn prominent in der Stube platzierte, sodass jeder ihn sehen konnte.

„Da, ein Brief von einem Bischof, sowas hat nicht ein jeder!", sagte er stolz.

Nach dem Erhalt des Briefes nahm der Josef am darauffolgenden Sonntag den Pfarrer nach der Messe zur Seite und drückte ihn mit seinem Bauch, der hart und groß war wie ein Medizinball, an die Wand der Kirche. Er drohte ihm, sollte der Pfarrer ihn noch einmal beim Bischof verpfeifen, würde er es bitter bereuen.

Ein paar Wochen später hatte St. Vigil einen neuen Pfarrer. Ein Bischof wird ja nicht Bischof, weil er blöd ist.

Den richtigen Namen des neuen Pfarrers hat kaum jemand verwendet, nur seinen Spitznamen. Keinen Tag hat es gedauert, bis er den verpasst bekommen hat. Später haben viele für sich reklamiert, den Einfall dafür gehabt zu haben. Der neue Pfarrer war Sohn eines bayrischen Metzgers aus Straubing, circa zwei Meter groß und circa 120 kg schwer. Mit Händen wie Fleischteller. Er hatte ein rundliches Gesicht, strahlend blaue Augen und blonde, dichte und lange Locken, um die ihn jedes Mädel, jede Frau im Dorf beneidete. Den Fleischengel, haben sie ihn genannt. Auf Ladinisch selbstverständlich, damit er es nicht verstehen konnte.

Er hat „l'ángno de cêrn" immer für eine Art Kosenamen gehalten, weil alle dabei so freundlich gelächelt haben. Aber selbst die Frommsten haben ihm nie verraten, wie beziehungsweise was er da genannt wurde. Denn auch die fleißigsten Kirchgänger fanden den Namen passend, wollten nicht riskieren, den Pfarrer nicht mehr so nennen zu können.

Gleich am Tag seines Amtsantritts hat der Fleischengel dem Josef einen Besuch auf Fordi abgestattet und ihm – ohne Gruß, ohne Vorwarnung – eine dermaßen heftige Ohrfeige gegeben, dass diese den Fordi in die Horizontale beförderte. Daraufhin hat der Fleischengel ihm aufgeholfen, ihn wieder auf die Beine gestellt und eine Bibelstelle, die Stelle mit „die andere Wange hinhalten" zitiert. Dann lag der Josef zum zweiten Mal im Dreck.

„Der Fleischengel hat dem Fordi die Vernunft in den Schädel geprügelt!“, haben die einen gesagt.

„Nein! Den Teufel aus dem Leib!“, die anderen.

Sein Verhalten hat sich, wenig überraschend, dann geändert. Was auch höchste Zeit war, denn er war mit seinen 26 Jahren noch immer unverheiratet.

Was kein Wunder war. Sein Ruf hatte es ihm bislang verunmöglicht, eine Frau zu finden. Offenbar hatte er mit nahezu jedem Bruder, jedem Vater einer Frau im heiratsfähigen Alter eine Auseinandersetzung gehabt. Nicht nur in St. Vigil. Auch in Olang und St. Lorenzen. Selbst im Gadertal, bis hinauf nach Stern konnten sie ihn nicht leiden, ohne ihn überhaupt persönlich zu kennen. So schlecht war sein Leumund.

Keine besonders guten Karten, um das Herz einer Frau zu erobern, und selbst wenn, dann das Einverständnis ihrer Eltern zur Ehe zu bekommen. Und wie soll man denn jemanden seines Geldes wegen heiraten, wenn der keines hat? Schönheit soll er auch keine gewesen sein, der Josef. Nahezu aussichtslos, die ganze Angelegenheit.

Nach der Begegnung mit dem bayerischen Pfarrer hatte sein verändertes Verhalten auch Auswirkungen auf das Verhalten der Leute im Ort. Immer öfter traute sich jemand, ihn zu kritisieren, Witze auf seine Kosten zu machen. Zuerst leise, dann für alle hörbar. Bemerkungen, dass er noch immer keine Frau auf dem Hof hatte, mit seinem Bruder zusammenlebte. Geschmacklosigkeiten bezüglich ihres Liebeslebens machten die Runde.

Vor allem im Wirtshaus hatte man Spaß daran gefunden, ihn so lange zu provozieren, bis er, ohne auszutrinken, nach Hause ging. Denn der Fleischengel stand nicht nur sonntags am Altar, er stand auch täglich an der Schank und hatte ein wachsames Auge auf den Josef.

Deswegen ging er immer seltener ins Wirtshaus, zog sich lieber in sein Lumpenloch zurück. So ein Lumpenloch hat man damals in der Nähe nahezu jeden Hofes gefunden. Oder eben nicht. Das war ja der Sinn eines Lumpenloches. Meistens ein uneinsichtiges Erdloch in einem Hang oder hinter einem entwurzelten Baum, mit ein paar sägerauen Brettern als Sitzgelegenheit, manchmal zusätzlich mit einer Kerze ausgestattet. Damit die Nachbarn oder die Frauen, je nachdem, nicht sehen konnten, dass man nicht arbeitet, sondern den ganzen Tag Schnaps oder Wein säuft. Andere Zeiten, andere Sitten.

Wohl gefühlt hat sich der Josef nicht im Lumpenloch, das wäre übertrieben. Aber er saß gerne dort und oft allein, was ihm nur recht war, musste er wenigstens nicht so tun, als ob alles in Ordnung wäre. Dort konnte er unbeobachtet und in aller Ruhe auf die Mutter wütend sein, weil die gestorben war, ihn mit dem Vater und den Brüdern alleingelassen hatte. Er konnte wütend auf den Vater sein, weil der im Suff so oft und ohne Grund den Gürtel genommen, seine Brüder und ihn verprügelt hatte. Wütend auf sich selbst, weil er sich unendlich einsam fühlte und es nicht schaffte, das abzustellen, dieses Gefühl, das ihn ständig begleitete.

Als das Dach des Schweinestalls ohne ersichtlichen Grund zur Hälfte einstürzte, ist der Josef nahezu täglich im Lumpenloch verschwunden. Sein Bruder wusste genau, wo der Josef war und warum. Auch, dass er nichts sagen oder tun hätte können, um den Josef aus dem Lumpenloch oder gar aus seiner Depression zu holen. Aber er hatte schon vor längerer Zeit eine Idee gehabt.

„Jetzt ist der richtige Zeitpunkt", dachte er sich und ging zur Findel.

„Hund kann ich dir keinen verkaufen, die sind reserviert!", sagte die Findel, die genau wusste, dass dieser Bursche sich nie und nimmer einen Hund aus ihrer Zucht hätte leisten können.

„Aber ich kann dir einen schenken."

Beim letzten Wurf war eine Hündin dabei gewesen, die mit einem verkümmerten Hinterlauf zur Welt gekommen war. Für die Jagd dadurch natürlich ungeeignet. Die meisten Züchter hätten damals eine Schaufel genommen, das Vieh damit erschlagen und dann ein Loch gegraben. Die Findel nicht.

„Sie heißt Cater", sagte sie.

„Vier?", wiederholte der Bruder auf Deutsch.

„Wenn sie schon nur drei Beine hat, soll sie wenigstens Vier heißen, hab ich mir gedacht."

„Ein junger Hund mit drei Beinen, der noch dazu Cater heißt ... Wenn das dem Josef nicht gefällt, kann ich auch nichts mehr für ihn tun", dachte sich der Bruder.

Er versprach, sich ein Geschenk für die Findel als Dankeschön zu überlegen, band der Cater einen Strick um den Hals und ging nach Hause.

„Ich hab da was für dich", sagte der Bruder, als er den Josef in der Stube fand.

Er stellte die Cater vor dem Josef auf den Tisch. Die begann sofort, sein Gesicht abzulecken. Beinahe wäre es zum ersten Mal so weit gewesen und der Josef hätte geweint.

Strick brauchte er keinen für die Cater. Sie humpelte ihm überall hinterher, vom ersten Augenblick an. Sie wurde auch nicht wie andere Hunde an eine Hütte vor dem Hühnerstall gebunden, durfte ins Haus, schlief sogar in seinem Bett. Von nun an sah man den Josef nur noch in Begleitung und das sah, zumindest aus einiger Entfernung, ein wenig seltsam aus. Als hätte man dem Josef einen eigenartig geformten Ball ans Bein gebunden, der ihm hinterherhüpfte.

„Woher hast du den Hund eigentlich?“, fragte der Josef nach ein paar Tagen seinen Bruder.

„Von der Findel. Sie hat ihn mir geschenkt.“

Der Josef schaute und nickte wie jemand, der gerne eine Idee hätte.

„Ich muss mich bedanken. Ich hab da noch die silberne Spange von der Mutter. Die ist zwar nicht viel wert, aber als Aufmerksamkeit genügt sie. Andererseits könnt sie glauben, ich bin wie einer von den Speichelleckern, die einheiraten wollen“, dachte sich der Josef.

Also machte er sich ohne Spange, aber selbstverständlich in Begleitung der Cater auf den Weg zur Findel.

Urgroßeltern Rosina und Josef Palfrader

Die Cater setzte sich, leicht zur Seite gelehnt, auf ihr verkümmertes Bein und stützte sich mit ihrem Oberkörper am Josef ab. Nicht, weil sie musste, sonst das Gleichgewicht verloren hätte. Die Cater konnte es offenbar einfach nicht ertragen, ihn nicht zu berühren.

„Sie mit ihrem Bein und er mit ..., was auch immer er hat. Wissen tut man es ja nicht, was ihm fehlt, aber sehen tut man es gleich. Passen gut zusammen, die zwei."

Dass der Josef nicht hinter ihr oder besser, hinter ihrem Hof her war, war offensichtlich. Keiner, der ihr schöne Augen machen wollte, wäre so zu ihr gekommen. Die anderen Verehrer hatten ein Bad genommen, sich rasiert, ihr bestes Hemd angezogen und die Schuhe geputzt. Der Josef hatte sich nicht einmal die Hände gewaschen, kam ganz offensichtlich direkt aus dem Stall.

„Kann ich was tun für dich, Josef?"

„Zuerst einmal möchte ich vergelt's Gott sagen, für den Hund, und etwas fragen", sagte er und schaute dabei die Cater an, um der Findel nicht in die Augen sehen zu müssen.

„Nix zu danken, wir hätten sie weder für die Jagd

noch für die Zucht gebraucht, wie du siehst. Ich bin froh, dass sie einen Platz bei dir gefunden hat", sagte die Findel. Und was wolltest fragen?"

Das war keine Floskel, ihr war wirklich nicht klar, was der Josef wollte.

„Ich wollte fragen, ob das normal ist, dass sie immer nur frisst. Jedes Mal, wenn ich ihr was hinstell, frisst sie. Könnte ja sein, dass das vielleicht zu viel ist, was ich ihr geb. Sie krank wird dadurch."

Die Findel schaute die Cater an.

„Schaut sie für dich aus, als ob sie zu dick wär?"

Der Josef schüttelte den Kopf.

„Für mich auch nicht. Sie frisst halt, was sie braucht. Die wächst ja auch noch", sagte die Findel und ihr war klar, dass der Josef definitiv nicht wegen dem Hund da war. Also vielleicht doch wegen ihr?

„Also, danke noch einmal und pfiat di!"

Er drehte sich um und ging. Jetzt kannte sich die Findel nicht mehr aus, konnte sich den Besuch noch weniger erklären, wurde neugierig.

„Willst nicht ein Glasl Wein mit mir trinken, wennst schon da bist? Ich wollt mich grad a bissl hinsetzen."

Die Findel hatte Gefallen am etwas seltsamen Josef gefunden, an seiner ruhigen Art.

„Ein bissl wie der Pacco", dachte sich die Findel, „vollkommen falsch behandelt worden bis jetzt. Wenn ich das bei einem Hund hinbekommen hab, werd ich das bei ihm wohl auch schaffen. So viel Unterschied ist da auch wieder nicht, zwischen Menschen und Hunden."

Wenn man sie nicht gut behandelte, brauchte man sich nicht zu wundern.

Außerdem konnte der Josef gut zuhören, plapperte nicht irgendetwas von Kindern, Wiesen oder Kühen, er interessierte sich für die Dinge, die sie in den Zeitungen und Zeitschriften aus Wien und sonst wo in der Welt gelesen hatte. Sah vieles genau wie sie.

Was so nicht ganz stimmte, denn der Josef war eigentlich nur deswegen ein so guter Zuhörer, weil er keine Ahnung hatte, wovon die Findel da die ganze Zeit sprach. Nicht, dass es ihm egal gewesen wäre, er wusste einfach nicht, was er hätte sagen sollen. Mit Architektur hatte er bislang nur einmal und das auch nur am Rande zu tun, als er das Dach des Schweinestalls reparieren musste und dabei einen veritablen Pfusch abgeliefert hatte. Und was Frauenrechte anbelangte, war er auch ganz ihrer Meinung, vor allem, weil es auf Fordi keine Frau gab, die Rechte hätte haben wollen.

Der Josef hing jedes Mal an ihren Lippen, wenn sie erzählte, war fasziniert davon, was sie alles wusste, wie gut sie erklären konnte, von Dingen sprach, von denen er noch nie zuvor gehört hatte. Manchmal las sie ihm einfach vor und ihm war egal, ob das irgendwelche Artikel waren oder Gedichte.

Die Findel besuchte ihn, seinen Bruder und die Cater in den nächsten Wochen und Monaten immer öfter. Ganz nebenbei erledigte sie dabei kleinere Handgriffe am Hof. Zuerst stellte sie nur einen umgefallenen Besen wieder auf, legte Messer zurück in die Besteckladе oder Vergleichbares. Nichts, was man bemerken hätte müssen. Dann begann sie, die Wäsche abzunehmen, wenn sie trocken war, legte sie fein säuberlich zusammen auf den Tisch der Stube oder wusch in der Küche das Geschirr ab.

Ihre Besuche wurden häufiger, die Tätigkeiten immer umfangreicher. Sie brachte Ordnung ins Chaos der Brüder. Natürlich hatte sich der Josef schon Gedanken darüber gemacht, ob es möglich sein könnte, dass die Findel Interesse an ihm hätte. Eigentlich die einzig logische Erklärung, warum sie so viel Zeit auf Fordi verbrachte, sich um alles kümmerte, ohne Geld oder sonst was dafür zu bekommen. Und sie ja selbst einen Hof erben würde, der mindestens genauso groß und definitiv schöner als Fordi war. Irgendwelche Hintergedanken waren es also auch nicht.
Es war auch schon zum Austausch von kleinen Zärtlichkeiten gekommen. Nach mehr oder weniger zufälligen Berührungen, wenn sie allein waren. Sie hatten einander ja sogar schon einmal geküsst. Nicht leidenschaftlich, aber immerhin. Aber herausfinden, ob das denn wirklich sein könnte, dass sie mit ihm mehr als nur ein wenig Abwechslung in ihr Leben bringen wollte, konnte er nicht. Die Gefahr, zurückgewiesen zu werden, wäre viel zu groß, das hätte er nicht ertragen.

Die Findel stand gerade in der Küche ihres Elternhauses und packte einen Korb, den sie nach Fordi mitnehmen wollte, als der Vater hereinkam.

„Wohin verschwindest du eigentlich jeden Tag?"

„Dorthin, wo die Leut nicht so neugierig sind", sagte die Findel. Sie schaute jetzt nahezu täglich auf Fordi vorbei, kochte für die Brüder, erledigte fast den kompletten Haushalt und half im Stall. Was von den Nachbarn nicht unbeobachtet bleiben sollte, für Gerede im Dorf, vor allem am Kirchenplatz nach der Sonntagsmesse, sorgte.

Als die Gerüchte über den Fordi und die Findel auch ihr Elternhaus erreichten, war der Vater außer sich. Bei einer der zahlreichen Schlägereien, die der Josef vom Zaun gebrochen hatte, hätte er den Findel-Vater beinahe mit einem Bierkrug erschlagen. Zwar unabsichtlich, denn der Bierkrug galt jemand anderem, aber der Vater hatte das nicht vergessen.

„Du könntest mir natürlich verbieten, zum Josef zu gehen", sagte die Findel. „Aber dann muss ich dich halt auslachen und ich geh trotzdem."

„Der Verbrecher hätte mir beinahe den Schädel gespalten mit dem Krug!"

„Beruhig dich! Ist ja nix passiert, er hat dich nicht getroffen. Außerdem war das, bevor der Fleischengel ihn zur Vernunft gebracht hat, das ist doch Jahre her. Lange bevor ich mich um ihn gekümmert habe. Ich hab es gemacht wie beim Pacco. Immer wieder ein Stückl Speck zwischendurch und ein bisserl gesungen hab ich. Mehr war nicht notwendig. Der ist jetzt ein ganz ein Braver."

Noch am selben Tag ging die Findel zum Josef.

„Willst du mir vielleicht irgendetwas sagen?", fragte die Findel.

„Nein. Wüsst nicht, was", sagte der Josef.

„Dann weiß ich, was ich zu tun hab", sagte die Findel und ging.

Der Fleischengel war gerade dabei, seine nachmittägliche Partie Schach mit dem Bäcker zu spielen. Im

Priesterseminar in Augsburg waren sich alle Lehrenden einig gewesen: Dieser junge Mann hat das Zeug zum Bischof, wenn nicht sogar zum Kardinal. Das Zeug dazu hätte der Fleischengel gehabt, keine Frage, wenn da nicht die große Leidenschaft für das Schachspiel gewesen wäre. Das Tragische war allerdings, dass er so gar kein Talent für das Spiel hatte, was ihn zur Verzweiflung brachte, und er jeden Tag aufs Neue versuchte, eine Partie gegen den Bäcker zu gewinnen, was ihm in all den Jahren kein einziges Mal gelungen war. Jeder im Dorf wusste, außer in Notfällen durfte man ihn deshalb ab vier Uhr nachmittags nicht mehr besuchen, er spielte Schach.

„Er ist ein heiliger Mann, der Fleischengel. Eine Dame am Brett ist ihm lieber als eine im Bett. Beides kommt selten vor", sagte der Bäcker und kam sich dabei sehr geistvoll vor. Er spielte gerne gegen den Fleischengel, denn dieser hatte nicht nur kein Talent, er ließ sich während des Spiels auch leicht ablenken. Der Bäcker liebte es, die Konzentration des Fleischengels zu brechen, indem er ihm den Glauben betreffende Fragen stellte. So verbrachte der mehr Zeit mit dem Beantworten als mit dem Nachdenken darüber, welcher Zug ihn hoffentlich nicht schon wieder in Bedrängnis bringen würde.

Als die Findel die Wohnung des Fleischengels betrat, saß der vor dem Schachbrett, seine riesigen Hände zwischen die Oberschenkel gesteckt. Er starrte auf die aussichtslose Position, in die er seine Figuren manövriert hatte. Der Bäcker hatte der Findel die Tür geöffnet und war bestens gelaunt.

„Servus Findel! Dauert noch zwei, drei Minuten, bis er aufgeben wird. Er kann halt so schwer verlieren, der Fleischengel. Sollte aber eigentlich schon Übung darin haben, unser Herr Pfarrer."

Der Fleischengel drehte sich zu den beiden um und stand auf.

„Wie du siehst, habe ich hier einen Notfall, die Findel braucht mich. Wir spielen diese Partie morgen fertig, du musst jetzt gehen", sagte er und schob den Bäcker bei der Tür hinaus.

„Wie kann ich helfen, Findel?", fragte der Pfarrer und blickte dabei wieder auf das Schachbrett.

„Der Josef di Fordi und ich werden heiraten. In drei Wochen. Bekommst du das hin?"

Jetzt hatte die Findel die gesamte Aufmerksamkeit des Fleischengels.

„Ja, natürlich. Und bist dir sicher, dass du das auch willst? Oder musst du, weil ..., weil etwas unterwegs ist?", fragte der Fleischengel, der offenbar der festen Überzeugung war, den Grund für die überraschende Hochzeit gefunden zu haben.

„Nein! Es ist auch nix Unmoralisches passiert. Ich denk halt, dass es an der Zeit ist."

Sie erledigte mit dem Fleischengel die notwendigen Formalitäten und ging zurück auf den Hof. Der Josef wollte gerade zwei Kübel mit Futter in den Schweinestall bringen, als sie dort ankam.

„Also, Josef. Wir heiraten in drei Wochen, Zeit genug, um der Verwandtschaft, den Nachbarn und Freunden Bescheid zu geben. Der Fleischengel weiß es schon. Dein Bruder ist dein Trauzeuge, es wird sich kein anderer finden. Morgen in der Früh nimmst du ein Bad, ich hole dich um neun Uhr ab und wir fahren nach Bruneck, um dir einen Anzug, Schuhe und ein Hemd zu kaufen. Damit du nicht aussiehst wie ein Lump, wenn ich dich heirate. Und jetzt gehst du ins Wirtshaus hinunter und machst eine Anzahlung für die Hochzeitsfeier. Zahlen wird die Feier mein Vater, keine Sorge. Aber wenn du dem Wirt keine Anzahlung gibst, glaubt er, dass das ein Scherz ist und lacht dich aus. Und dann erzählst du den ganzen Saufköpfen dort, dass wir verlobt sind, damit sie sich das Maul zerreißen können. Wobei das wahrscheinlich gar nicht notwendig sein wird, denn der Bäcker spielt morgen wieder Schach mit dem Fleischengel und übermorgen weiß es ohnedies das ganze Tal. Um den Rest kümmere ich mich, da hast noch ein Stückl Speck, falls du einen Hunger kriegst unterwegs", sagte die Findel.

„Ja, Findel", sagte der Josef und grinste sie dabei dermaßen breit an, dass sie die Zahnlücke, die er einer seiner Schlägereien zu verdanken hatte, sehen konnte.

„Stell dir vor, die Findel heiratet!", haben die einen gesagt.

„Stell dir vor, der Fordi heiratet!", die anderen.

Die Kirche war durch das Gerede bis auf den letzten Platz gefüllt, auch die Stehplätze.

Nicht, dass so viele eingeladen gewesen wären oder gratulieren hätten wollten. Es wollte sich halt keiner dieses Spektakel entgehen lassen. Vor allem die, die noch immer an einen Scherz glaubten. Daran, dass sich da jemand einen Spaß erlaubt hatte und ein Gerücht in die Welt gesetzt hatte. Sie wollten es mit ihren eigenen Augen sehen, sonst hätten sie es nicht glauben können.

Aber auch die, die nur den Josef kannten und wissen wollten, wie eine Frau aussieht, die verrückt genug war, den Fordi zu heiraten, waren gekommen. Und selbstverständlich auch die, die nur die Findel kannten und wissen wollten, welcher Mann es geschafft hatte, ihr Herz zu erobern. Vor allem aber die, die mit ihrem Werben um sie gescheitert waren und vor Neugierde platzten, gegen wen sie dieses Rennen verloren hatten.

Was die Anzahl der Kirchenbesucher anbelangt, wahrscheinlich die größte Hochzeit, die St. Vigil je gesehen hatte. Die Hochzeitsfeier im Anschluss war eher bescheiden besucht, man kam mit dem kleinen Nebenzimmer im Wirtshaus aus. Einladungen dafür hatte man genügend ausgeschickt, gekommen ist halt kaum jemand. Sehr zum Missfallen des Wirten, aber zur Freude des Schwiegervaters, der sich, der geringen Zeche wegen, eine Menge Geld sparte.

Ein paar Wochen nach der Hochzeit verließ der Bruder Fordi, obwohl die Findel und der Josef ihm mehrmals versichert hatten, dass er gerne bleiben könne. Der wollte aber nach Rovereto, eine kleine Stadt im Trentino, nur wenige Kilometer südwestlich des Gardasees, dort, wo der Leno in die Etsch fließt.

Den beiden Brüdern, die Fordi wegen dem Josef und seinen Anfällen schon vor Jahren verlassen hatten, war es gelungen, dort günstig eine Schmiede zu pachten. Sogar mit der Aussicht auf eine Erbpacht.

Das Geschäft liefe gut und sie bräuchten Personal, jemanden, der anpacken könne, schrieben sie ihrem Bruder.

„Der Lohn ist ganz gut, Kost und Logis sind umsonst, worauf soll ich denn hier noch warten? Das ist doch eine gute Gelegenheit!", sagte der Bruder und ging nach Rovereto.

Die Findel streichelte der Dolasilla zärtlich über den Bauch.

„Das wird ihr letzter Wurf sein", sagte der Vater, „Jeder weitere wäre einer zu viel."

„Für mich wird das auch der letzte Wurf sein, bei dem ich dir helfen kann. Ich bin nämlich auch trächtig". grinste die Findel ihren Vater an.

Es sollte die erste von insgesamt elf Schwangerschaften sein.

„Warst schon bei der Stasi?", fragte der Josef.

Sie nickte. „Sie sagt, es wird ein Bub. Namen hab ich schon ausgesucht."

„Ja, Findel", sagte der Josef.

Nach dem Buben kamen zwei Mädchen zur Welt, jeweils im Abstand eines Jahres. Ihre vierte Schwangerschaft war schwieriger als die davor. Die Findel hatte oft Schmerzen und das Gefühl, dass irgendetwas nicht stimmte. Aber weder der Arzt noch die Hebamme hatten eine Erklärung dafür.

Die Stasi war erst kürzlich und vollkommen überraschend verstorben, die konnte also nicht mehr helfen. Und deren Tochter hatte keine Ahnung, was ihre Mutter ihr da an Tinkturen, Salben und Säften hinterlassen hatte und warf alles in den Bach, aus Angst, womöglich sich selbst oder jemand anderen zu vergiften.

Die ständigen Blutungen zwangen die Findel, das letzte Monat ihrer Schwangerschaft im Bett zu bleiben. Was für sie auch positive Seiten hatte, sie konnte wieder lesen, nachdenken. Dann kam ihr zweiter Sohn, der Franz, zur Welt und sie musste ihre Bücher wieder gegen Windeln tauschen.

Großmutter Maria Palfrader
geb. Craffonara

Marias Kindheit war, obwohl kein Vater da war, vielleicht aber gerade deshalb, sehr harmonisch. Sie musste nur die Angela in die Kirche begleiten, still neben ihr sitzen und ihr beim Beten zuhören. Sie verschränkte ihre Hände zum Gebet, genauso wie die Mutter, stand auf und kniete sich nieder, wenn die Angela und die anderen in der Kirche das taten. Sonst nichts. Das wurde von ihr erwartet und sie gehorchte. Ohne die Geschichten glauben zu können oder zu wollen, die in der Kirche erzählt wurden.

Ansonsten war sie frei, hatte keine Pflichten im Haus oder sonst wo zu erfüllen, tat, was immer ihr einfiel. Zum Beispiel ins Wirtshaus zu gehen, sich an den Tisch des Bürgermeisters zu setzen und wie eine Erwachsene an den Gesprächen dort teilzunehmen.

„Sagt manchmal gescheitere Sachen als der Bürgermeister!“, sagten die einen.

„Ich tät sie wählen!“, die anderen.

Das Leben der Maria änderte sich erst, als die Angela wieder heiratete. Einen braven Mann namens Comploi. Der fand jeden Tag neue Aufgaben für sie im Haus, verbot ihr, ins Wirtshaus zu gehen.

Die Leute wunderten sich, warum die Angela sich gerade den Comploi ausgesucht hatte. Er passte so gar nicht zu ihr.

„Einen jeden hätte sie haben können", sagten die einen.

„Auch einen jungen Burschen", die anderen.

Und das, obwohl der Erste Weltkrieg auch in St. Vigil die Reihen der Männer im heiratsfähigen Alter ausgelichtet hatte, nahezu jede Familie mindestens einen Sohn verloren hatte. Sie hätte trotzdem wählen können, so schön war sie. Der Comploi war auch keine gute Partie, ein Schlossergeselle. Kein Haus, keinen Hof, nicht einmal eine Wiese, die er verpachten hätte können, besaß er. Lebte zur Miete in einem Zimmer. Für ihn war der Einzug ins Tabakhaus ein gesellschaftlicher Aufstieg. Nicht nur, weil seine Frau so viel schöner war als er.

Der Comploi verdiente auch nicht besonders gut, brachte aber das bisschen Geld nach Hause, versoff es nicht wie andere. War einer der ganz wenigen im Dorf, der nie einen Tropfen Schnaps getrunken hatte. Sein ganzes Leben lang nicht. Das war aber auch schon das einzig Außergewöhnliche an ihm. Denn man bemerkte ihn kaum. Vielleicht hat es die Angela deswegen zu ihm hingezogen, weil er das exakte Gegenteil vom Albert war, was sowohl sein Äußeres als auch sein Inneres anbelangte.

Die Maria war neun Jahre alt, als ihr erster Halbbruder zur Welt kam. Sämtliche Versuche der Angela, bei der Maria geschwisterliche Gefühle für den Bruder hervorzurufen, schlugen fehl.

„Schau, wie lieb er lacht!", sagte die Angela.

„Der hat gut lachen, der weiß halt noch nix", dachte sich die Maria.

Sie konnte den Halbbruder genauso wenig leiden wie dessen Vater. Ihr ekelte vor ihm und vor der Aufgabe, die Windeln auswaschen und dann auskochen zu müssen, übergab sich dabei jedes Mal beinahe. Nach der Geburt ihres dritten Halbbruders hatte die Maria von den ihr zugeteilten Aufgaben genug.

„Ich geh nach Alta Badia zu meiner richtigen Familie", sagte sie, band sich einen Ranzen und machte sich auf den Weg.

„Sie wird schon zur Vernunft kommen", sagte sich die Angela und betete, dass ihrer Tochter nichts Böses widerfahren sollte.

Nach über fünf Stunden Fußweg und ein paar Umwegen, weil sie das Geburtshaus ihres Vaters nicht gleich fand, kam sie an. Aber die Tür war versperrt und Marias Klopfen wurde nur mit einem „Schau, dass du verschwindest, du Höllengeburt! Ich verfluche dich und die Deinen!" von ihrer Großtante durch die verschlossene Tür beantwortet. Die lebte mittlerweile allein am Hof, ihre Schwägerin war an einer von den Ärzten nicht näher beschriebenen Leberkrankheit gestorben. Marias Großtante wollte niemanden in ihrer Nähe haben. Schon gar nicht die Tochter der unsäglichen Witwe vom Albert.

Nachdem sich die Maria wieder auf den Weg zurück nach St. Vigil gemacht hatte, begann sie, über ihre Mutter, den Vater und die Halbgeschwister nachzudenken. Unterhalb von Pedratsches, ein Stückchen, bevor die Straße zwischen Gaderbach auf der einen und den Felsen auf der anderen Seite ohne Zwischenraum in die Mitte genommen wird, machte sie Rast.

„Jetzt kenne ich wenigstens den Unterschied zwischen Verwandtschaft und Familie“, dachte die Maria, „Ich weiß jetzt, dass ich noch keine Familie habe. Nur Verwandtschaft. Allein dafür hat sich der Weg gelohnt.“

Diese Erkenntnis sollte das Verhältnis zu den Halbgeschwistern, aber auch zur Mutter stark beeinflussen. In den Stunden, die sie allein auf der Straße verbrachte, stellte sie auch Regeln für sich auf. Nein, sie würde sicher nicht die Rolle des Kindermädchens für die Geschwister übernehmen, auch kein Muttterersatz für die Kleinen sein, eine Haushaltsgehilfin, Köchin oder sonst was. Ja, sie würde im Tabakhaus bleiben, aber das war's.

Von nun an besorgte sie ihre Wäsche selbst, kochte sich das Essen und brauchte auch sonst keine Hilfe mehr, egal wobei.

Sie hatte sich nicht ausgesucht, dass ihr Vater vom Pferd erschlagen wurde, dass da ein Stiefvater war, der sie genauso wenig akzeptierte wie sie ihn. Sie konnte auch nichts dafür, dass ihre Mutter ununterbrochen schwanger war, immer neue dieser kleinen Bälger bekam, die allgegenwärtig und laut waren. Fünf Halbbrüder und eine Halbschwester sollten es insgesamt werden.

Das kleine Haus war angefüllt bis unters Dach mit Kindern, kein Platz und keine Ruhe mehr, um sich Gedanken machen zu können, einmal allein zu sein. Und das, obwohl die Angela nach der Geburt ihres zweiten Sohnes den Stall des Tabakhauses zu Wohnräumen hatte umbauen lassen, als sie merkte, dass sie schon wieder schwanger war.

Da hat sie oft in den Spalt in der Wand gegriffen, ist oft nach Innsbruck gefahren. Obwohl das jetzt das Ausland war und die Angela Italienerin. Sie sowohl vor dem österreichischen als auch dem italienischen Zoll Angst haben musste. Also betete sie auf der Fahrt nach und von Innsbruck den Rosenkranz. Eine Taktik, die sowohl nördlich als auch südlich des Brenners funktionierte. Sie wurde nie kontrolliert.

Die Maria muss so um die 14 Jahre alt gewesen sein, als sie die Angela dabei gesehen hat, wie sie das Gold aus dem Spalt holte. Natürlich hat sie die Angela auf die Münzen angesprochen, wollte wissen, woher sie waren. Die ganzen Jahre hat es immer geheißen, dass kein Geld im Haus ist, gespart werden muss und dann das! Zuerst hat sich die Angela gewunden, gemeint, es handle sich buchstäblich um ein Geschenk Gottes, ein Segen, der der Familie zuteilwurde.

Aber die Maria hat nicht lockergelassen, wollte nichts von diesem überirdischen Geplapper hören.

„Schluss jetzt! Woher kommt das Zeug?", sagte die Maria strenger, als es üblich war, mit einer Mutter zu reden.

„Wie der Albert", dachte sich die Angela, bevor sie der Maria die Wahrheit, die ganze Geschichte vom Schwager und den Müttern, vom Prozess, vom Albert und seinen Kisten und auch vom Innsbrucker Juwelier erzählte. Nicht aber von den Kriegsanleihen, die der Richter für die Maria hatte anschaffen lassen. Und schon gar nicht, dass die Anleihen nichts mehr wert waren, sie also gar nichts von ihrem Vater geerbt hatte.

„Nichts zu sagen, ist besser als zu lügen, ich werde das gleich morgen beichten und gut ist es", dachte sich die Angela.

„Du gibst das Geld meines Vaters für die Kinder von dem anderen aus? Meinst du nicht, dass ich ein Anrecht habe auf das, was du da in der Wand versteckst, zumindest ein Teil davon mir gehört?", fragte die Maria.

Die Angela sagte nichts, spielte nur verlegen mit den Kugeln ihres Rosenkranzes.

Die Maria drehte sich um und ging nach Montal, eine kleine Siedlung unterhalb von St. Vigil, in etwa auf der Hälfte des Weges nach Zwischenwasser. Waren nur ein paar Häuser. Dort wohnte ihre Freundin Loise, mit der sie reden konnte, die sie verstand.

„Ein feiner Mensch, die Loise!", dachte sich die Maria. „Die gehört zu meiner Familie, die Mutter sicher nicht."

Ihrer Meinung nach hatte die Angela sie belogen und bestohlen, um ihr Erbe betrogen.

Im Tabakhaus konnte sie nicht mehr bleiben, unerträglich war es dort. Sie musste weg, egal wohin. Und die Maria wusste: Wenn sie nur ein wenig in sich hineinhören würde, nur ein paar Sätze mit sich selbst sprechen würde, würde sie sich selbst überzeugen, dass das keine vernünftige Entscheidung war, sie noch warten sollte, das Risiko zu groß wäre, sie keine Ahnung hätte, welche Gefahren da draußen auf sie lauerten.

Deshalb war sie auf dem Weg zur Loise, um ja kein Selbstgespräch führen zu müssen, um die Vernunft ja nicht zu Wort kommen zu lassen, die einen zur Vorsicht mahnt und am Ende noch zum Dableiben überredet. Die Loise würde ihr nicht mit irgendwelchen Argumenten kommen, die war auf ihrer Seite, nicht auf der Seite der Logik. Die Loise wollte, dass es der Maria gut geht, im Gegensatz zur Realität.

„Nimm dir, was dir zusteht, und geh!“, sagte die Loise, die selbst mit dem Gedanken spielte, nach Rom zu gehen, wenn sie in ein paar Wochen ihren Schulabschluss in der Tasche hätte. Die Maria wusste zwar, dass sie sich auf die Loise verlassen konnte, aber diese Sicherheit, die Selbstverständlichkeit, mit der sie „und geh!“ gesagt hatte, überraschte sie dann doch. Es wirkte auf sie, als würde die Loise sie wegschicken. Dieser bestimmende Tonfall in Loises Stimme ließ sie seltsamerweise an ihrer Entscheidung zweifeln. Ihre Hoffnung nach Bestätigung für ihren Entschluss wurde auf eine unerwartete Weise zerstört. Sie ging nach Hause.

„Großartig!“, dachte sich die Maria, „jetzt hab ich mit mehreren Stimmen in meinem Schädel eine Lösung zu diskutieren. Hätte ich das doch nur mit mir besprochen und nicht mit der Loise! Dann wäre es einfacher gewesen. Ich hätte gesagt: ‚Halt dein Maul, ich mach das jetzt so und du bist damit einverstanden, verstanden?’ Aber so?! Was mach ich jetzt?“

Sie ging auf ihr Zimmer. Eigentlich war es nur ein durch einen Vorhang getrennter Schlafbereich mit Bett und Nachtkästen. Denn das Zimmer musste sie sich mit zwei Halbbrüdern teilen. Als sie den Vorhang zur Seite zog, lag da eine Kiste auf ihrem Bett. Die öffnete sie und sah mit Ruß verdreckte etruskische Münzen. Sie wäre wahrscheinlich auch ohne die Münzen weggegangen aus St. Vigil. Das redete sich die Maria zumindest erfolgreich ein. Offenbar ein Schutz davor, der Mutter Anerkennung dafür zollen zu müssen, ihr die Kiste überlassen zu haben. Und auch kein schlechtes Gewissen empfinden zu müssen, dass sie mit der Angela kein Wort mehr über die Angelegenheit gesprochen hatte. Wofür diese jedes Verständnis hatte. Denn die Kiste aufs Bett von der Maria zu stellen, war Angelas einzige Möglichkeit, sich ihrer Tochter mitzuteilen. Sich zu entschuldigen, ihr recht zu geben und ihr zu zeigen, dass sie ihr nicht gleichgültig war.

Außer den üblichen Floskeln zum Abschied wurde wenig Emotion gezeigt. Darin hatte man keine Übung. In dieser Familie wurde nur in den seltensten Fällen über Gefühle gesprochen. Die hat man, so gut es ging, mit Rosenkränzen erschlagen und gehofft, sie dadurch vertreiben zu können wie den Teufel. Und wenn das nichts geholfen hatte, blieb noch der Schnaps, um sämtliche Emotionen zu ersäufen.

So richtig in den Süden, also dorthin, wo wirklich niemand mehr Deutsch sprach, wollte die Maria nicht. Meran, nicht südlicher. Obwohl ihr Italienisch überdurchschnittlich, nein, bemerkenswert gut war. Der Direktor ihrer Schule in Bruneck sie sogar für das Gymnasium empfohlen hätte. Aber so verlockend das Angebot, einen Platz im Mädcheninternat in Brixen gegen das Tabakhaus einzutauschen, auch gewesen wäre, sie wollte niemandem mehr erlauben, die Kontrolle über ihr Leben zu haben. Ein vielleicht naiver Gedanke

„Wenn es mir wo nicht passt, geh ich einfach weiter", dachte sich die Maria.

Außerdem hatte sie noch die Münzen, die die Loise für sie im Wald versteckt hatte. An einem Platz, den nur sie beide kannten, wo sie schon als kleine Kinder gespielt hatten, Puppen aus Zweigen und Moos gebastelt hatten. Ein paar der Münzen hatte sie in eine kleine Tasche ihrer Jacke eingenäht. Nicht, um besser leben zu können, nur so als Fallhilfe, falls es einmal eng werden sollte. Um weiterkommen zu können oder zurück. Je nachdem.

Das Hotel in Meran, in dem sie eigentlich eine Lehre beginnen wollte, hatte ihr eine Stelle als Küchengehilfin angeboten. Lehrplatz gäbe es derzeit keinen.

„Dann halt Küchengehilfin, wird schon kein großer Unterschied sein", dachte sich die Maria und nahm die Stelle an.

Das Hotel war weit größer, als sie es sich vorgestellt hatte, beeindruckte sie mit seiner in Schönbrunner Gelb gehaltenen Fassade, den Marmortreppen, der weitläufigen und komplett überdachten Auffahrt und den polierten Handläufen aus Messing. Auch die Küche war riesengroß, die Wände vom Boden bis zur Decke mit weißen Kacheln ausgelegt.

Ihr erster Arbeitstag sollte mit Kochen wenig zu tun haben. Obwohl sie wie alle anderen eine Kochuniform bekommen hatte, bestand ihre Aufgabe darin, Mausefallen zu bestücken, aufzustellen, zu kontrollieren und gegebenenfalls das tote Getier im Bach hinter dem Haus zu entsorgen.

Nachdem sie der fünfzehnten Maus den letzten Schwimmunterricht gegeben hatte, hörte sie auf zu zählen. Das ging bis am Nachmittag so, bis die Fallen unberührt blieben, es sich offenbar unter den Mäusen herumgesprochen hatte, sie zu meiden.

Nachdem der Sous Chef kontrolliert hatte, ob sie sich ihre Hände auch wirklich gründlich gewaschen hatte, sie zweimal wieder zum Waschbecken geschickt hatte, durfte sie Zwiebeln schneiden, danach Kartoffeln schälen. Nicht gerade aufregend, aber es war ihr erster Tag und die Maria würde sich sicher nicht beschweren. Am Abend zeigte man ihr den Personalbereich des Hotels, das, was für die nächste Zeit ihr Zuhause sein würde.

„Dieser Teil des Hauses ist nur für das weibliche Personal. Und das soll auch so bleiben. Keine männlichen Gäste auf den Zimmern! Nur damit das klar ist: Keine Männer von draußen, keine vom Personal und schon gar keine Gäste. Auch nicht für ein paar Minuten. Nicht einmal eine Sekunde hat hier ein Mann etwas verloren. Hast du das verstanden? Erwischt man dich mit einem Mann, schmeiß ich dich höchstpersönlich aus dem Haus, wahrscheinlich aus dem Fenster", sagte die Frau Helene.

Eine Frau mit unglaublicher Oberweite und einem noch imposanteren Hinterteil, das ihr bodenlanges Kleid wie einen Reifrock aussehen ließ. Sie war zuständig für alles, was sich hinter den Kulissen des Hotels abspielte. Kümmerte sich um Personalangelegenheiten, Abrechnungen, den Einkauf abseits von Küche und Keller, die Wäscherei, die Entsorgung von Müll und Speiseresten. Und alles, was sonst noch so anfiel.

Nicht einmal der Besitzer des Hotels würde es wagen, ihr ins Handwerk zu pfuschen, eine Entscheidung zu treffen, ohne sie vorher zu konsultieren. Ihre Haare waren streng nach hinten zu einem Zopf gebunden, was ihr rundes Gesicht noch runder aussehen ließ.

„Was ihr Mädchen untereinander macht, geht mich nichts an. Hinten links ist das Badezimmer. Es gibt eine Liste, wer wann reindarf. Halte dich daran. Gegenüber ist die Waschküche, wo du deine Wäsche waschen kannst. Wertsachen würde ich gut verstecken, wir haben in der Wäscherei auch welche aus dem Süden, bei denen weiß man nie. Aber so wie du aussiehst, kann man dir wahrscheinlich ohnedies nichts stehlen. Und ich bin nur dafür zuständig, wenn du krank oder verletzt bist.

Komm ja nicht auf die Idee, bei Liebeskummer, Heimweh oder Streit mit den anderen Mädchen zu mir zu kommen. Wenn dir also wegen irgendetwas die Seele schmerzt, schreib einen Brief an deine Schwester, deine Mutter oder sonst jemanden, ist mir egal.

Dein freier Tag ist der Montag. Am Sonntag beginnst du eine Stunde früher zu arbeiten. Die Dienstpläne kannst du dir im Servicekorridor ansehen. Vorsicht, die können sich auch unter der Woche ändern, also sieh sie dir täglich an. Urlaub gibt es erst, wenn du ein halbes Jahr bei uns gearbeitet hast, und da auch nur fünf aufeinanderfolgende Tage, nicht mehr. Weihnachten mit der Familie kannst du gleich vergessen, da wirst du genauso arbeiten wie zu Silvester, da haben wir viele Gäste aus Deutschland und jede Menge Italiener, das Haus wird also voll sein.

Dein Lohn wird dir wöchentlich ausbezahlt. Immer montags. Wenn du nach zehn Uhr in mein Büro kommst, bekommst du dein Geld erst eine Woche später. Das gilt natürlich nur für den Fall, dass du dich im Probemonat ordentlich benimmst und arbeitest. Sonst kannst du dich gleich in das Dorf scheren, aus dem du gekommen bist. Falls du eine von denen sein solltest, die verrückt und mutig genug sind, um zu glauben, mehr Lohn zu verdienen; Gehaltserhöhung gibt es frühestens nach einem Jahr. Verhungern wirst du trotzdem nicht, du bekommst hier zu essen.

Wenn du dich nicht ganz so dumm anstellst, wie du aussiehst, und Glück hast, kann es sein, dass ich dich – zur Probe – an einen Herd stellen werde. Große Hoffnungen würde ich mir an deiner Stelle allerdings nicht machen, das schaffen nur die wenigsten.

Der Besitzer des Hotels heißt Ploner, ein Bild von ihm hängt gleich neben den Dienstplänen. Und man spricht ihn nicht an, er spricht dich an. Und mit den Gästen sprichst du auch nicht, weil du weder in der Rezeption, der Empfangshalle noch im Restaurant und schon gar nicht in den Zimmern etwas verloren hast. Nicht einmal auf den Gängen vor den Zimmern hast du etwas verloren. Du hast eigentlich nirgendwo etwas verloren, außer ich sage es dir. Und solltest du – Gott möge es abhüten – schwanger werden, brauchst du nicht einmal zu kündigen, du kannst gleich verschwinden. Ich hoffe, du merkst dir das alles. Hast du noch Fragen?"

„Ja, hab ich!", dachte sich die Maria „Wie oft hast du diesen Vortrag schon gehalten, um ihn in der Geschwindigkeit herunterbeten zu können?“ Sie schüttelte aber den Kopf und versuchte, dabei überzeugend auszusehen, um nicht länger den stechenden Blick der Frau Helene spüren zu müssen.

„Dann geh jetzt auf dein Zimmer und gleich ins Bett. Morgen gibt's jede Menge Arbeit für dich.“

Die Maria nickte und betrat ihr Zimmer.

„Gute Nacht, Frau Helene!“ sagte die Maria.

„Gute Nacht! Die hat doch keine Ahnung! Meine letzte ‚Gute Nacht' ist 25 Jahre her. ‚Gute Nacht' sagt sie!“

Sie hörte noch, wie die Frau Helene den Gang entlangging und währenddessen über die mangelnde Qualität des Personals schimpfte, mit dem sie das Haus zu führen hatte, und dass die Maria mit Sicherheit keine Woche hier überleben würde, ihrer Einschätzung nach.

Dass sich das mit der Selbstbestimmtheit über ihr Leben schon am ersten Tag erledigt hatte, überraschte die Maria. Aber wenn man einen Vorhang gewöhnt ist, weiß man eine Tür, die man abschließen kann zu schätzen, trotz der vielen Regeln und der Fremdbestimmung. Ein Zimmer ganz für sie allein, nicht groß, aber ihres. Entsprechend wohl fühlte sich die Maria. Daran konnte auch die Frau Helene nichts ändern.

Und die gab sich in den nächsten Wochen wirklich Mühe, der Maria das Leben schwer zu machen, stellte sie nahezu täglich in die Schwarzabwasch. Die wahrscheinlich schwerste und gleichzeitig schmutzigste Arbeit in einer Küche, dort werden die gusseisernen Pfannen gewaschen. Die Köche geben das schmutzige Kochgeschirr dem Abwäscher und erwarten sich, keine Minute später, die Pfanne perfekt gereinigt und getrocknet wieder zurück.

Eine harte Arbeit, denn einige der Pfannen sind groß und entsprechend schwer. Und man ist den ganzen Tag nass, weiß aber nicht, ob vom Schweiß oder vom Abwaschwasser. Da muss man schon Durchhaltevermögen haben, um nicht alles hinzuschmeißen.

„Besser Pfannen als Windeln waschen", dachte sich die Maria bei jedem Stück. Selbst die Frau Helene musste irgendwann anerkennen, sich in der Maria getäuscht zu haben, diese offenbar das Zeug dazu hatte, hier bestehen zu können.

Nach ein paar Monaten durfte sie, weil ein Kollege krank geworden war, die „Mise en place" übernehmen, also die Zutaten für die Gerichte bereitstellen. Je nach Bedarf für Nachschub zu sorgen, damit die Köche sich aufs Zubereiten der Speisen konzentrieren konnten. In den ersten Wochen hatte sie beim täglichen Reinigen des Kühlhauses geholfen und sich eingeprägt, wo die Zutaten ihren Platz hatten, Maria wusste also genau, wo sie was finden würde, hatte alles sofort zur Hand. Sie erledigte die Aufgabe souverän, die Köche waren sehr zufrieden mit ihr.

Die Frau Helene ließ sich vom Chefkoch überreden, der Maria einen Lehrvertrag anzubieten. Eine Degradierung, die gleichzeitig eine Beförderung war. Denn sie verdiente jetzt weit weniger, hatte aber die Aussicht auf einen Lehrabschluss, musste keine Hilfsarbeiten mehr erledigen, war fixer Bestandteil der Küchenbrigade. Sie hatte Talent, das merkte auch der

Küchenchef. Allerdings erst gegen Ende des dritten Lehrjahres, da war die Maria schon 17 Jahre alt. Als sie Tirtln zubereiten sollte.

Ein ursprünglich ladinisches Gericht namens Tultres, welches die Deutsch-Südtiroler im Laufe der Jahrhunderte in ihre Küche übernommen hatten. Ohne aber die Feinheit, die Textur, die Würze des Originals auch nur annähernd erreichen zu können. Tultres sind in Schmalz gebackene Teigtaschen, die auf verschiedene Arten zubereitet werden können. Mit Sauerkraut, Spinat oder mit Topfen. Dass die Tultres von der Maria anders, so viel besser schmeckten als seine eigenen Tirtln, überraschte den Küchenchef.

„Zeig mir, was du sonst noch bei euch zu Hause gekocht oder gebacken hast", sagte er und ließ die Maria einen ganzen Tag allein auf einer Station tun und lassen, was sie wollte, zubereiten, was sie für richtig hielt.

„Wie heißen die Schlutzkrapfen bei euch?", fragte der Küchenchef, nachdem er mehr davon gegessen hatte, als er eigentlich vorgehabt hätte.

„Cajincí te Ega", sagte die Maria.

„Komm in mein Büro, wir schreiben die Rezepte auf. Die Tirtln und die Schlutzkrapfen machen wir jetzt immer so."

Die Belohnung für die Rezepte war ein freies Wochenende. Die Anerkennung durch den Küchenchef und die Aussicht, nicht aufstehen oder arbeiten zu müssen und tun und lassen zu können, was ihr gefiel, versetzte die Maria in eine Euphorie. Die ganzen Jahre wäre sie nie auf die Idee gekommen, eine der Münzen zu verkaufen. Keine Sekunde hatte sie daran gedacht.

„Jetzt muss eine davon daran glauben. Heute wird einmal jemand anderer für mich kochen!“, sagte sie sich, als sie zufrieden auf ihrem Bett lag.

Der erste Juwelier, bei dem sie die Münze verkaufen wollte, beschimpfte sie aufs Unflätigste, warf die Maria aus dem Geschäft, der zweite kaufte ihr die Münze ab. Sie bekam nicht viel, aber genug, um sich schick einzukleiden und einen Abend lang selbst Gast zu sein. In einem der noblen Restaurants an der Kurpromenade in Meran. Dort saß sie allein an einem weiß gedeckten Tisch, trank Prosecco als Aperitif und schweren italienischen Rotwein zu jedem Gang.

Der junge Kellner flirtete mit ihr und die Maria mit ihm. Blieb jedes Mal ein wenig länger, als es üblich war, am Tisch stehen, nachdem er eine Speise eingestellt hatte, goss ein wenig zu großzügig Wein in ihr Glas. Sie scherzten, machten sich über den Maître des Restaurants, aber auch die anderen Gäste lustig. Nachdem die Maria ihre Rechnung bezahlt hatte und der Kellner ein letztes Mal an ihren Tisch kam, um noch die Stoffserviette und ein paar Brotkrümel vom Tisch zu holen, bedankte sich die Maria für den wunderschönen Abend und den tollen Service.

„Das war heute der schönste Tag meines Lebens!“, sagte die Maria zum Kellner.

„Muss ja noch nicht zu Ende sein, der Tag. Ich habe in meiner Tasche eine Flasche Prosecco mitgehen lassen und auch gleich Feierabend. Wollen Sie noch einen Spaziergang auf der Promenade machen, gnädiges Fräulein? Für Proviant hab ich, wie gesagt, schon gesorgt.“

„Das ist eine wunderbare Idee", sagte die Maria, die zwölf Stunden später im Bett des Kellners aufwachte, vom Wein einen schweren Schädel und vom Kellner eine befruchtete Eizelle hatte.

„Ich muss nach Hause! Die machen sich sicher Sorgen um mich, weil ich nicht zum Frühstück gekommen bin."

Sie sprang aus dem Bett und zog sich an.

„Dann leb wohl! Vielleicht sieht man sich ja mal wieder. Wer weiß?"

Damit war der Maria klar, dass der Kellner nicht der Meinung war, in ihr die große Liebe gefunden zu haben, und diese Beziehung hier und jetzt zu Ende war.

Zwei Monate später wusste sie, dass sie schwanger war. Sie wartete noch ein paar Wochen, bis ihre Schwangerschaft nicht mehr zu verbergen war. An einem Montag, um genau 9.59 Uhr, betrat sie das Büro der Frau Helene, nahm das Kuvert mit ihrem Lohn entgegen und sagte: „Ich bin schwanger."

Bevor die Frau Helene reagieren konnte, war sie am Weg nach draußen, wo ihr gepackter Koffer schon im Flur stand.

„Ja, ja, ja ...", sagte die Maria sehr laut, um nicht hören zu müssen, was die Frau Helene ihr da nachschrie, als sie das Hotel verließ.

Also ab nach St. Vigil. Die Angela war, wenig überraschend, schockiert. Der Comploi wurde sogar laut. Von Schande hat er gesprochen, die die Maria nicht nur über sich, sondern über das Haus und alle, die darin wohnten, gebracht hätte. Und selbst, wenn es den gegeben hätte, auch sonst kein Platz im Tabakhaus für sie wäre. Weil der Vorhang und das Bett dahinter schon seit Jahren einen anderen Besitzer hatten. Ihre fünf Halbbrüder und die Halbschwester jeden freien Platz im Haus belegten.

„Wo soll ich denn hin mit dir?", fragte die Angela. „Und wenn das Kind auf der Welt ist, wird es ja noch schwieriger. Wieso hast du nur gesündigt?"

Die Maria hatte ohnedies nicht damit gerechnet, mit offenen Armen empfangen zu werden, einen Platz im Tabakhaus zu finden. Sie war sogar froh darüber, es ersparte ihr die Gespräche, warum sie nicht dort wohnen würde wollen.

Außerdem hatte sie bereits ein kleines Zimmer bezogen. Bei ihrer Freundin Loise, die doch nicht nach Rom gegangen war, sondern nur ein paar Häuser weiter, zu einer Tante, die kinderlos geblieben war und im Sterben lag.

„Die Tante bekommt ja kaum mehr etwas mit, bemerkt dich wahrscheinlich nicht einmal. Und schon gar nicht, ob du schwanger bist oder nicht. Und selbst wenn: In ein paar Wochen wissen es ohnedies alle. Man wird den Bauch sehen und die Leute werden nicht weniger über dich reden, nur weil du ein paar Jahre weg warst, im Gegenteil. Das Maul werden sie sich zerreißen. Wir machen uns hier ein schönes Leben. Und wenn wir wirklich etwas brauchen sollten, gehen wir in den Wald und holen uns eine der Münzen. Sind noch alle da!", sagte die Loise.

„Ich hätte auf dich hören und hierbleiben sollen!", sagte die Maria.

„Ja, das wäre vielleicht gescheiter gewesen“, sagte die Loise, die nickte, als würde sie sich gerade selbst auf die Schulter klopfen.

Am Sonntag musste die Maria vor der Messe zur Beichte gehen. Dem Pfarrer von ihrer Sünde und der Schwangerschaft erzählen. Das hatte sie der Angela versprechen müssen.

„Denn mit dem Gerede im Dorf kann ich leben, aber mit einer Sünde, die von Gott nicht durch das Sakrament der Beichte verziehen wurde, nicht!“ Dafür zog sie ihr schönes neues Gewand aus Meran an. Ihre Befruchtungstracht, wie die Loise es nannte, die dann laut und lange über ihre Bemerkung lachen konnte.

Nach dem Gottesdienst standen alle vor der Kirche, sprachen über Mussolini, der ein paar Tage zuvor von König Viktor Emanuel III. zum Regierungschef ernannt worden war, und welche Auswirkungen das auf St. Vigil haben würde.

„Keine!“, sagten die einen.

„Überhaupt keine!“, die anderen.

Dass in der Zeitung stand, dass demnächst das Sprechen der deutschen Sprache in Südtirol verboten werden sollte, hatte für einen Ladiner wenig Bedeutung und wurde mit einem Achselzucken zur Kenntnis genommen.

Der Maria fiel der junge Mann sofort auf, der ein wenig abseits stand. Er war so anders gekleidet als die anderen. Er stand gleich neben einem der Burschen von Fordi, mit dem sie in die Schule gegangen war.

„Das ist der Franz. Der war in Südamerika. Stell dir vor, Südamerika! Und sieh dir nur seinen Anzug an.

Und die Schuhe. Der Hut!!! Sieht aus wie ein Herr, wie einer aus der Stadt“, flüsterte die Loise.

„Ja, der sieht aus wie ein Herr“, sagte die Maria.

Großvater Franz Palfrader

Nicht, dass man es genau wiegen hätte können, wozu denn auch? Aber das waren maximal zwei Kilogramm. Mehr nicht. Nicht einmal geschrien hat er bei seiner Geburt. Einfach so hingenommen das Prozedere.

„Da is er jetzt, der Bua!", hat die Hebamme gesagt.

„Würd mich überraschen, wenn der durchkommt", hat sie sich gedacht. Wäre auch nicht weiter tragisch gewesen, wenn der Franz die ersten Wochen nicht überlebt hätte. Waren ja schon genug Kinder da! Ein Bruder und zwei Schwestern. Wenn es beim vierten einmal nicht gut gehen sollte, sollte sein. Andere haben mehr als ein Kind verloren. Da kann man halt nix machen, wenn es Gottes Wille ist. Kein großes Drama also. Und wer weiß, ob nicht schon nächstes Jahr ein gesünderes, ein kräftiges Kind geboren werden würde. Eines, das am Hof auch anpacken konnte.

Das alles behielt die Hebamme aber für sich, man will ja auch bei der nächsten Geburt wieder engagiert werden. Sie wusste, wie sentimental manche Weiber sein können, wenn es um ihre Kinder ging.

„So schmal und zart ist er", sagte die Findel beim Betrachten vom Franz.

„Der wird schon noch kräftig werden. Das wächst sich später aus, wirst sehen!", sagte die Hebamme.

Es hat sich nicht ausgewachsen. Auch später nicht. Die zarte Statur, die schmalen Schultern und die sehr dünnen Beine hielten den Josef davon ab, dem Franz schwere Arbeiten am Hof zuzuteilen. Oder irgendeine andere nennenswerte Aufgabe. Auch als er schon längst ein Alter hatte, wo das üblich, nein, notwendig war. Diese Aufgaben mussten die beiden älteren Schwestern erledigen. Zusätzlich zu ihren eigenen. Und die rächten sich dafür am Franz, fanden immer neue Wege, ihn zu demütigen, ihn wegen seiner körperlichen Abmessungen herunterzumachen.

„Wäre besser gewesen, du wärst gestorben und ein Engel geworden. Aber der liebe Gott hat dich halt nicht gewollt, deshalb lebst du noch. Wirst schon sehen, Franz, bald holt dich der Teufel und du brennst auf alle Zeit in der Hölle."

Offenbar hatte die Findel beim Erziehen der Hunde eine bessere Hand als bei ihren Kindern. Denn die jüngeren Geschwister – und davon gab es später noch eine Menge – übernahmen die Beleidigungen, die Missachtung für ihren Bruder von den älteren, ohne zu wissen warum. Dass es ihm in der Schule um keinen Deut besser ergangen ist, sei nur der Vollständigkeit halber erwähnt.

Einzig der älteste Bruder, der Josef, hielt sich zurück. Schwieg aber, wenn es darum ging, ihn zu verteidigen. Tat so, als ob er nichts davon mitbekommen würde. Mehr konnte er nicht tun für seinen kleinen Bruder. War ja schon genug, dass er allein beinahe alle Pflichten eines Burschen am Hof übernehmen musste. Interessanterweise nahm der Franz die Kränkungen seiner

Schwestern nicht als solche wahr; hielt sie für normal, er kannte es ja nicht anders. Was andere in die Verzweiflung getrieben hätte, an ihm prallte es ab. Patsch. Einfach so. Ohne irgendeinen Schaden anzurichten. Denn er war gern allein, vermisste es nicht, mit den Geschwistern zu spielen oder mit jemandem zu reden. Er zog sich lieber zurück und bemalte die Bretter im Schweinestall. Seltsame Kreaturen aus seiner Fantasie meistens.

„Nicht einmal das kann er!", hat sich der Vater gedacht, „was soll denn das für eine Kuh sein?"

Später – mit 14 Jahren – versuchte der Franz erfolglos, eine Maurerlehre zu machen. Nein, erfolglos zu beginnen. Denn man hat ihn schon am ersten Tag, genauer gesagt nach einer halben Stunde, nach Hause geschickt.

„Zu schwach für einen Maurer", haben die einen gesagt.

„Lass dir von deiner Mutter ein paar Knödel machen, damit du Fleisch auf die Knochen bekommst!", die anderen. „Wer kommt auf die idiotische Idee, so einen Zahnstocher zur Maurerlehre zu schicken? Schau, dass du nach Hause kommst!"

So idiotisch war die Idee auch wieder nicht, hat der Vater zum Franz gemeint, er hätte halt gehofft, dass die schwere Arbeit am Bau ihn kräftiger werden lassen würde, dass das viele Bier ihm zu ein paar Kilos mehr verhelfen könnte.

„Die Cater war auch kein Jagdhund und hat auch ihren Platz gefunden, beim Franz wird's genauso sein", versuchte die Findel, den Vater zu beruhigen.

Die Kochlehre, die der Franz dann beim Waller-Wirt, einem Wirtshaus in Bozen, gemacht hat, war auch nicht gerade das Richtige für ihn. Aber das wäre wahrscheinlich keine Lehre oder Ausbildung gewesen. Egal wo, egal bei wem. Denn der Franz war zwar vif und wissbegierig, aber stur, eigensinnig, inkonziliant. So, als ob Anweisungen entgegenzunehmen, gegen seine Natur wäre, was eine Ausbildung selbstverständlich schwierig machte. Ganz ohne Spuren zu hinterlassen, dürfte die Kindheit vom Franz also doch nicht verlaufen sein.

Während der drei Jahre Lehrzeit war er kaum zu Hause. Auch nicht, wenn er nach jeweils drei Monaten eine Woche freihatte. Wohin er in dieser Zeit verschwand – weiß der Teufel! Bei Freunden konnte er nicht untergekommen sein, denn er hatte keine. Der Familie ist seine Abwesenheit nicht weiter aufgefallen, nur die Findel hat ihn vermisst. Sie war auch die Einzige, die ihm hin und wieder einen Brief schrieb. Ihn auf dem Laufenden hielt, was sich so auf Fordi und in der Verwandtschaft abspielte.

Nachfragte, wie es ihm denn erginge und ob er genug zu essen habe. Sie kränkte sich ein wenig, dass er die Briefe nicht beantwortete, dachte sich aber, dass sie diesen Welpen laufen lassen müsse, so dünn seine Beine auch waren.

Den anderen war er zwar nicht vollkommen gleichgültig, vermisst hat ihn aber keiner. Es war, als ob er nie dagewesen wäre, als ob die Hebamme dann doch irgendwie recht behalten hätte. Nur logisch, dass auch der Franz kein großes Interesse an der Verwandtschaft hatte. Ohne große Emotionen einfach zur Kenntnis nahm, wie es der Familie erging. Den Brüdern seines Vaters zum Beispiel, die er noch nie in seinem Leben gesehen hatte, gerade mal ihre Vornamen wusste, sonst nichts.

Im Mai 1915 trat Italien in den Ersten Weltkrieg ein. Das hatte zwar auf das Leben vom Franz oder am Hof daheim keine großen Auswirkungen, aber für die Brüder des Vaters Konsequenzen. Ein Brief aus Rovereto, das damals zum österreichischen Kaiserreich gehörte, lag eines Tages auf dem Tisch in der Stube. Die Findel riss ihn auf.

Eine Nachbarin der drei Brüder schrieb, dass sie von Soldaten abgeholt worden waren. Weil man sie Ladinisch sprechen gehört und deswegen für italienfreundliche und politisch verdächtige Personen gehalten hatte. Ein paar Wochen lang wusste man nicht, was mit ihnen passiert war, bekam keine Auskunft von den Behörden, die sich als unzuständig erklärten, da dies eine Angelegenheit des Militärs war.

Dann kam ein zweiter Brief, diesmal aus dem Internierungslager Katzenau, gleich in der Nähe von Linz. Dort waren vor allem „Reichsitaliener" und verdächtige Inländer eingesperrt. Auf dem Kuvert stand in roten Buchstaben: „Post eines des Irredentismus verdächtigten italienischsprachigen Inländers aus dem Welschtirol/Trentino".

„Sie bitten uns um Geld, Jacken und Schuhe. Das hat man ihnen alles gestohlen. Es könnte auch gut sein, dass sie, weil sie gerade noch wehrfähig sind, in eine Disziplinierungskompanie kommen. Dann müssen sie an die Front und wären in Gottes Hand“, fasste die Findel den Brief für den Josef zusammen.

Das Paket erreichte die Brüder nicht mehr, ihre Leichen hat man nie gefunden. Die Entlassung der internierten „verdächtigen Inländer“ nach einer Revision im Mai 1917 kam für sie zu spät. Die Findel hat noch lange nach dem Krieg versucht, ausfindig zu machen, wo die drei gefallen sein könnten, aber ohne Erfolg.

Man dürfe zwar keine Auskunft erteilen, könne aber trotzdem so viel mitteilen, dass beim Brand einer Schreibstube sämtliche diesbezüglichen Aufzeichnungen verbrannt wären, es sinnlos wäre, weiterzusuchen. Es gebe ja auch keinen Rechtsnachfolger im eigentlichen Sinne, man müsse die Vergangenheit auch einmal ruhen lassen und davon würden die auch nicht mehr lebendig, gab man ihr zwar nicht wörtlich, aber sinngemäß im höflichsten österreichischen Beamtendeutsch zu verstehen. So eine Monarchie kann man vielleicht vom Briefpapier verschwinden lassen, nicht aber aus den Köpfen der Beamten. Das dauert ein paar Jahrhunderte.

Die Nachricht mit der Bitte um Schuhe blieb das letzte Lebenszeichen seiner Onkel. Aber das wusste man zu diesem Zeitpunkt weder auf Fordi noch beim Waller-Wirten. Gleich nach dem Ende des Krieges, als noch nicht klar war, ob Südtirol Teil Italiens sein werde oder zu Österreich gehören würde, herrschte große Verunsicherung in der Bevölkerung. Nicht aber beim Franz, denn er hatte einen Plan. Er wusste genau, wo er hinwollte.

In einer Zeitschrift hatte er einen Artikel über Argentinien gelesen, über die Weiten des Landes, die unglaublichen Bodenschätze, die riesigen Rinderherden. Dass die Wirtschaft dort boomen würde und dass Zuwanderer mit offenen Armen empfangen würden. Das Geld läge dort quasi auf der Straße. Viel mehr als in Amerika. Hier könnte man, nein, hier musste man sein Glück machen. Wer kommen könne und nicht käme, dem wäre auch nicht mehr zu helfen, hatte der Autor des Artikels gemeint. Punkt, aus!

Dass seine Ersparnisse ihn vielleicht von St. Vigil nach Hamburg, aber sicher nicht bis nach Buenos Aires bringen würden, war ihm klar.

Deshalb nahm der Franz nur die Regionalzüge. Die langsamen, aber billigen auf den Nebenstrecken, um Geld zu sparen.

Der Franz ließ sich, wenn sich eine Gelegenheit ergab, ein paar Tage, manchmal sogar Wochen, an einem Ort nieder, um als Tagelöhner ein wenig Geld für die Weiterfahrt zu verdienen. Er arbeitete als Leichenwäscher, Hilfskoch, Lagerarbeiter und vieles mehr. Arbeit gab es genug, denn viele waren aus dem Krieg nicht mehr zurückgekommen oder noch in Gefangenschaft, sie fehlten nicht nur ihren Familien, sondern auch am Arbeitsmarkt.

Der Franz hatte es nicht eilig, niemand wartete auf ihn. Weder in St. Vigil noch in Argentinien. Und die Zeit konnte er gut nutzen, denn er sprach zwar fließend Italienisch, aber von Spanisch hatte er keine Ahnung. Er kaufte sich vor seiner Abreise in Bruneck ein spanisches Wörterbuch, das er kaum aus der Hand legte. Vier Monate lang. So lange brauchte er insgesamt nach Argentinien. Dass ihm das zwar beim Erwerb der spanischen Sprache helfen würde, ihn aber nicht wirklich weiterbringen würde, hat er damals noch nicht gewusst, wurde ihm aber bei der Ankunft im Hafen von Buenos Aires schnell klar.

Man verstand ihn kaum. Es genügt halt nicht, wenn man zwar die Bedeutung der Vokabeln und ihre Schreibweise kennt, aber weder von der Aussprache noch von der Grammatik eine Ahnung hat. Möglicherweise war er auch deshalb gezwungen, zwei Nächte unter freiem Himmel zu verbringen, bis er jemanden gefunden hatte, der ihn halbwegs verstand und begriff, dass er auf der Suche nach einer Unterkunft war.

Das winzige Zimmer, das jetzt sein Zuhause war, konnte man nicht einmal absperren. Es hatte außer einem Bett ohne Leintuch oder Polster, einer Truhe und einem Hocker keine Möbel. Und er musste die Miete für einen Monat im Voraus bezahlen. Für mehr hätte er auch gar kein Geld gehabt.

Drei Wochen hat es gedauert, bis er einen Job in einem Hotel – nein, nicht als Koch, als Kofferträger – bekommen hat. Und auch das nur durch einen glücklichen Zufall. Ein Kölner namens Stransky, der beim Überqueren einer Straße in einen frischen Pferdeapfel getreten war, hatte lautstark seinen Unmut über den verschmutzten Schuh in seiner Muttersprache zum Ausdruck gebracht. Das hatte der Franz gehört und verstanden. Denn Deutsch war eine Fremdsprache, die er sehr gut beherrschte.

So kamen die beiden ins Gespräch. Der Kölner erzählte ihm vom Hotel, in dem er arbeitete, und dass dort Leute gesucht würden. So hat der Franz seinen Job im Hotel del Rey bekommen.

Es war eines der großen, exklusiven Hotels, vorwiegend von neureichen Plantagenbesitzern, Bergbauunternehmern und Rinderzüchtern frequentiert. Die versuchten, sich im del Rey die Provinz von der Seele zu waschen, in der sie den Rest des Jahres verbringen mussten. Die vulgäre Zurschaustellung ihres erst vor Kurzem erworbenen Reichtums war für sie offenbar Teil dieser Reinigung. Da konnte der Franz viel lernen. Über Benehmen, über Geld und über die Menschen sowieso.

Er hätte sich wohl für den Rest seines Lebens den Buckel als Kofferträger krumm gearbeitet, wäre der Frau des Hotelbesitzers nicht aufgefallen, dass dieser schmächtige Bursche sich mit jedem Koffer, den er trug, nahezu in Lebensgefahr begab. Der Franz hätte sich aber nie beschwert, niemals seinen Job aufgeben wollen. Denn er verdiente sehr gutes Geld.

Die Gäste amüsierten sich nämlich prächtig, wenn sie ihn dabei beobachteten, wie er mit den Koffern kämpfte. Schallendem Gelächter folgte stets ein überdurchschnittliches, manchmal sogar vollkommen unangebrachtes Trinkgeld.

„Das wissen die wenigsten, wie schnell man im Ansehen eines Hotelangestellten sinken kann, wenn man zu viel Trinkgeld gibt. Wenn man kein Gespür dafür hat, was sich gehört“, dachte sich der Franz.

Der fünfte Stock war tabu. Für alle. Alle Angestellten des Hotels wussten das. Das war auch das Erste, was dem Franz gesagt wurde.

„Der fünfte Stock ist tabu!! Da wohnen die Besitzer des Hotels. Das Ehepaar López. Da hast du unter keinen Umständen etwas verloren!", sagten die einen.

„Du wirst sofort entlassen, wenn nicht sogar umgebracht!", die anderen. Nicht einmal die Zimmermädchen durften dort sauber machen. Jeden Tag betraten zwei schwarz gekleidete Frauen das Hotel durch den Haupteingang, brachten saubere Bettlaken, ab und an auch Reinigungsutensilien, durchquerten die Lobby, stiegen in den Aufzug und fuhren in den fünften Stock.

Zwei Stunden später verließen sie das Hotel. Kein Wort haben die gesprochen, nicht miteinander und schon gar nicht mit dem Personal. Kein „Hallo", kein freundliches Nicken oder zumindest Augenkontakt. Nichts. Gar nichts.

Was sich im fünften Stock abspielte und wie die López dort lebten – keiner wusste das. Franz hatte sich schon ein paar Monate mit den Koffern seine Lebenszeit verkürzt, als er von der Dame des Hauses, von Frau López persönlich, einen Zettel zugesteckt bekam. Was in vielerlei Hinsicht außergewöhnlich war. Denn sie redete kaum mit dem Personal des Hotels. Am ehesten noch mit dem Oberkellner des Restaurants, aber auch nur, um Essen zu bestellen.

„Fünfter Stock, 20.00 Uhr. Zu keinem ein Wort!"

Mehr stand nicht auf dem Zettel. Auch Jahrzehnte später war der Franz außerstande zu beschreiben, was ihm in diesem Moment durch den Kopf gegangen war.

Als er um 20.00 Uhr im Aufzug stand und in den verbotenen fünften Stock fuhr, überlegte er kurz, ob es vielleicht doch einen Gott geben könnte, ob er vielleicht doch hin und wieder hätte beten sollen, nur so, sicherheitshalber.

Die Tür des Aufzugs öffnete sich und da stand Frau López, um ihn abzuholen. Zur Überraschung vom Franz war da ein Flur, der das Stockwerk teilte, mit zwei Eingängen, deren Türen man ihr Gewicht ansehen konnte.

„Ich wohne in der linken Hälfte", sagte die López und wies ihm mit einer Geste den Weg. Sie ging voran. Zum ersten Mal konnte sich der Franz Frau López genauer ansehen. Was ihrem Gesicht an Ebenmäßigkeit fehlte, machte sie durch Eleganz wett. So was hatte er noch nie gesehen. Auch nicht bei den Gästen. Diese Frau war eine Erscheinung.

Sie betraten die Wohnung, die größer und schöner war als alles, was der Franz bisher in seinem Leben gesehen hatte. Mindestens vier, vielleicht sogar fünf Meter hoch war der Raum, in dem er nun stand. Mit einem riesigen Luster aus Kristall an der Decke.

„Wie viele Kühe man wohl allein für die Vorhänge kaufen könnte?", ging dem Franz durch den Kopf. Die vergoldeten Rahmen der Bilder faszinierten ihn noch mehr als die Ölgemälde selbst.

„Hör genau zu!", sagte die López, „das ist jetzt sehr wichtig. Und sag mir, wenn du etwas nicht verstanden hast. Verstanden?"

Der Franz nickte.

„Du brauchst keine Angst zu haben, dir passiert

nichts. Es ist ganz einfach: Ich brauche jemanden, der mir zuhört. Denn wenn ich mich nicht bald jemandem anvertrauen kann, werde ich noch wahnsinnig oder ich bringe mich um!“

Sie sah den Franz lange an. Das letzte Mal, als er sich so hilflos gefühlt hatte, war er gerade mal acht Jahre alt. Ein Stier hatte sich im Stall losgerissen und stand plötzlich vor ihm.

„Genau so hat der Stier damals auch geschaut“, hat sich der Franz gedacht. Und genauso viel Angst empfand der Franz auch jetzt, als ihn die López so anschaute.

Das dürfte man ihm auch angesehen haben, denn die López wiederholte: „Du brauchst keine Angst zu haben. Es wird dir nichts geschehen. Du musst nur zuhören. Und schweigen. Zu niemandem auch nur eine Silbe, sonst bring ich zuerst dich und dann mich um. Eigenhändig. Hast du mich verstanden?“

Jetzt hatte der Franz wirklich Angst. Denn um keine Angst zu haben, war viel zu viel vom Umbringen die Rede in diesem Gespräch. Und wieso sollte er ihr Vertrauen genießen, wieso sollte ausgerechnet er der López zuhören? Er kannte ja auch niemanden, dem er das erzählen kön ... Ah, das war der Grund. Das beruhigte den Franz. Und den Mund halten konnte er. Also sagte er glaubhaft: „Ja!“

„Du sollst aber auch was davon haben. Ich werde dich lehren, ein Kellner zu sein. Ich mache dich zum besten Kellner der Stadt. Ab jetzt kommst du jeden Tag nach deinem Dienst eine Stunde zu mir. Die eine Hälfte der Zeit erkläre ich und du hörst zu, die andere

Hälfte erzähle ich. Und du hörst zu. So wird auch dein Spanisch besser werden.

Wenn ich mit dir fertig bin, mache ich dich zum neuen Oberkellner im Restaurant. Hol dir vom Schreibtisch Papier und Stift, du wirst es brauchen!“

Sie zog eine große Schublade der Anrichte auf. Sie war voll mit Besteck. Messer, Gabeln, Löffel, in Formen und Größen, wie sie der Franz noch nie gesehen hatte. Ja, beim Waller-Wirten gab es selbstverständlich Besteck. Aber das war etwas ganz anderes. Es gab eigenes Besteck für Butter, Vorspeisen, Fleisch-, Geflügel- und Fischgerichte, für diverse Meeresfrüchte ...

Er hätte sich im Traum nicht gedacht, dass man Essen auf so viele Arten zu sich nehmen konnte. Vor drei Generationen noch hatte jeder einen Holzlöffel, daheim auf Fordi, das war's. Das hier, das war feinstes, hochpoliertes Silber. Das dem Land den Namen gegeben hat, wie ihm die López nur so nebenbei erzählte.

Nach einer halben Stunde wollte sie, dass sich der Franz aufs Sofa setzte. Sie ging vor ihm auf und ab wie ein Tier, das an Hospitalismus leidet. Die Hände auf die Knie gelegt, hörte der Franz ihr zu. Keine Sekunde ließ er sie aus den Augen. Das war die erste von vielen halben Stunden, in der er jedes Detail des Lebens der López geschildert bekam.

Als seine Ausbildung nach fast zwei Jahren zu Ende war, wusste er nicht nur, dass die López nicht freiwillig im Hotel wohnte. Er wusste beinahe alles über sie. Sie erzählte ihm von ihrer Kindheit, ihren Eltern, Geschwistern, ihrer ersten Ehe. Dass ihr erster Mann als hoher Militär im Generalsrang mit der Errichtung einer Kaserne betraut worden war. Und dabei Gelder veruntreute, um seine Spielschulden zu bezahlen. Das war zumindest sein Plan. Er hat das veruntreute Geld dann natürlich auch noch verspielt, den Lauf seiner Dienstwaffe in den Mund gesteckt und den einfachen, den billigen Weg genommen, wie es die López formulierte.

Post mortem wurde er unehrenhaft entlassen, weshalb die López nicht nur ihr Haus und sämtlichen Besitz verloren hatte, sondern auch den Anspruch auf eine Witwenpension. Diese wurde kurzerhand vom Staat zur Reparation des unterschlagenen Geldes einbehalten.

Vollkommen mittellos, von ihrer eigenen Familie der Schande wegen verstoßen, musste sie sich auf das Angebot des Herrn López einlassen. Der brauchte eine Frau an seiner Seite, um Gerüchte über seine Natur zu zerstreuen. Niemand wäre damals im Hotel eines homosexuellen Mannes abgestiegen, schon gar nicht um dort eine Nacht zu verbringen.

Eine monatliche Zahlung, freie Kost im Hotel und die Wohnung im fünften Stock. Das hat es Herrn López gekostet, um so leben zu können, wie er es für gut und richtig befand.

„Man kann sogar sagen, dass ich ihn auf eine gewisse Art und Weise lieben gelernt habe, meinen Mann."

Anfangs war das alles für den Franz sehr schwer zu verdauen. Kein Wunder, denn für einen 18 Jahre alten Burschen aus einem kleinen, streng katholischen Ort in den Dolomiten war das ein Kulturschock. Das merkte auch die López und gab ihm am Ende der Stunde eine kleine Belohnung. Sie brachte ihm das Schnupfen von Kokain bei.

„Aus meinen privaten Beständen. Selbstimport! Nicht so ein billiges Zeug aus der Apotheke. Aber nicht zu viel davon, ich habe nur noch zwei Kilogramm."

Nachdem er gelernt, nein, wie ein Schwamm aufgesaugt hatte, wie man einen Tisch deckt, wie man Teller trägt, sie einstellt und wieder abserviert, Wein- und Champagnerflaschen öffnet usw. bekam der Franz tatsächlich die Stelle als Oberkellner. Der bisherige wurde entlassen. Einfach so. Das führte naturgemäß zu Unruhe in der Mannschaft. Ein Kofferträger, der plötzlich Oberkellner sein soll? Von einem Tag auf den anderen, noch dazu so ein junger Kerl? Was sollte denn das?

Die beiden Chefs de Rang, die schon seit mehreren Jahren darauf warteten, die Position des Maître einnehmen zu dürfen, verlangten ein Gespräch mit dem Herrn des Hauses. Sie forderten ultimativ eine Erklärung, sonst gäbe es Konsequenzen. Und damit hatten sie vollkommen recht. Die Konsequenz war, dass die gesamte Mannschaft des Restaurants mit sofortiger Wirkung entlassen wurde. Auch die Köche. Alle weg.

Keine zwölf Stunden später wurden neue Leute eingestellt. Keiner hatte auch nur irgendeinen Zweifel an der Qualifikation des Oberkellners. Keiner, der den kometenhaften Aufstieg nicht auf den Fleiß, die überdurchschnittliche Intelligenz und Kompetenz vom Franz zurückgeführt hätte.

Die Stunde nach dem Dienst haben sie beibehalten, der Franz und die López. Und die Gespräche brachten im Franz etwas zum Klingen. Zum ersten Mal in seinem Leben war es nicht die krampfhafte Sturheit, sich nicht unterkriegen zu lassen, sondern ein Selbstwertgefühl, was ihn ausfüllte. Er lernte gern und viel von ihr, mehr als nur gastronomische Feinheiten. Sie erzählte ihm, was sie über Literatur, Malerei, Musik, Geschichte, Geografie wusste. Und das war nicht wenig.

Bei seinem Vater war es die Findel gewesen, die ihm ein wenig mehr beibrachte, als man unbedingt wissen musste. Und wie bei seinem Vater war es jetzt ebenfalls eine Frau, die dem Franz einen viel weiteren Blick auf die Welt ermöglichte.

Das Kokain wird auch eine Rolle gespielt haben, aber er hätte die Stunde mit ihr auch ohne Hilfsmittel sehr zu schätzen gewusst. Immerhin war sie der erste Mensch, der ihn wirklich wahrnahm. Zu schätzen wusste, was und wer er war. Das tat ihm gut.

Sein Verhalten anderen gegenüber änderte sich dadurch und siehe da: Er hatte Freunde. Nicht sofort und auch nicht viele, aber er hatte Freunde. Und dank seines Einkommens als Oberkellner eine Wohnung, die diesen Namen auch verdiente. Eine Wohnung mit fließendem Wasser sogar. Er war rundum glücklich. Und zum ersten Mal seit seiner Ankunft in Argentinien dachte er an seine Familie, an Fordi, an St. Vigil.

Noch am selben Abend schrieb er einen Brief an seine Mutter. Dieser Brief löste eine Kettenreaktion aus, die sein Leben maßgeblich beeinflussen sollte. Aber nicht nur sein eigenes, sondern auch das seines älteren Bruders Josef.

Denn etwas mehr als ein Jahr später klopfte es an der Tür vom Franz und der Bruder stand vor ihm. Er war – inspiriert vom Brief und vom Erfolg des kleinen Bruders – nach New York gegangen, um Boxer zu werden. Reich und berühmt. Hatte aber nicht geklappt. Die Kämpfe waren geschoben, alle unfair, eigentlich hätte er sie gewinnen müssen, erzählte er. In New York hätte er einen Mann kennengelernt, der ihn mit seinem Flugzeug gratis mit hierher nach Buenos Aires genommen hätte. Deswegen wäre er hier.

Dem Franz fiel es schwer, der Geschichte seines Bruders Glauben zu schenken. Aber sein Leben in Argentinien war ja auch eine Folge von absurden Zufällen, ungewöhnlichen, fast unglaublichen Ereignissen. Warum sollte die Geschichte des Bruders also nicht doch stimmen? Weiß der Teufel.

Das Zusammenleben mit seinem Bruder war, für den Franz überraschend, fast harmonisch. Josef begann, von einer eigenen Viehzucht zu träumen, einer Ranch mit Tausenden Rindern. Mit diversen, in manchen Fällen nicht ganz legalen, in den meisten Fällen illegalen Geschäften versuchte er, sein Geld zu verdienen. Was ihm auch hin und wieder recht gut gelang.

Es gab genug gutgläubige Einwanderer, denen man Landkarten verkaufen konnte, in denen angeblich existierende Silberminen eingezeichnet waren, die nur darauf warten würden, jemanden reich zu machen. Die wenigsten der Getäuschten schafften es bis zum in der Karte markierten Ort. Keiner von ihnen jemals zurück. Keiner, der sich beim Josef hätte beschweren können. Ein todsicheres Geschäft also. Er trieb sich oft Tag und Nacht am Hafen herum. Um ja kein anlegendes Schiff und potenzielle Käufer beziehungsweise Opfer zu verpassen. War deshalb auch kaum in der Wohnung anzutreffen. Ideal, um gut miteinander auszukommen.

„Du musst nach Hause, den Hof übernehmen", hat der Franz ganz leise gesagt.

Die Nachricht vom Tod des Vaters schien Josef nicht zu überraschen, zumindest zeigte er keinerlei Reaktion. Als hätte man ihm gesagt, dass der Bäcker heute eine halbe Stunde früher zumachen würde.

„Ich glaub, ich bleib da. Übernimm du!"

Keine Sekunde hätte der Franz daran gedacht, nach St. Vigil zurückzukehren, um Fordi zu übernehmen. Was hätte er dort, was hier nicht viel besser war? Nein, er würde Südamerika nicht gegen Südtirol tauschen.

Zum ersten Mal in seinem Leben Geld auf einem Konto. Er hatte drei, drei! Anzüge und zwei Paar Schuhe. Schöne Schuhe! Eine möblierte Wohnung, einen gut bezahlten Job, Herrgottnocheinmal!! Wieso sollte er auf die Feste der Viehzüchter verzichten sollen? Feste, auf denen Champagner und Kokain zur Grundausstattung gehörten. Feste, die bis in die Morgenstunden dauerten und auf denen Moral und gesellschaftliche Konventionen keine Rolle spielten. Sicher nicht! Nein, er geht sicher nicht nach Südtirol zurück, hat sich der Franz gedacht.

Er wäre auch für den Rest seines Lebens geblieben, hätte die López sich nicht entschlossen, es ihrem ersten Mann gleichzutun. Vorher erschoss sie aber noch die beiden schwarz gekleideten Frauen, den López und den Rezeptionschef, der gerade dabei war, Gästen die Schlüssel zu ihrem Zimmer zu überreichen. In der Lobby, vor den Augen der anwesenden zahlreichen Gäste, drückte sie einen Revolver an ihre Brust und schoss sich ins Herz.

Auslöser dürfte, wie man dann später herausgefunden haben will, ein Streit über ein schmutziges Handtuch gewesen sein. Das soll eine der schwarzen Damen vor ihrem Ableben noch gesagt haben. Aber sicher weiß man es natürlich nicht.

Das Hotel wurde geschlossen, das Personal entlassen. Der Tod der López und der daraus resultierende Verlust des Arbeitsplatzes war für den Franz ein Schlag, dem er nichts entgegenzusetzen hatte. Eine seltsame Mischung aus innerer Unruhe und Antriebslosigkeit beherrschte ihn. Deshalb blieb er einfach in seinem Bett liegen, in der Hoffnung, dass irgendetwas passieren würde. Egal was. Am besten, das Haus würde einstürzen und ihn begraben, dann wäre Schluss mit dem ganzen Theater.

Er dachte auch an Selbstmord, war aber zu faul, um aufzustehen, zu antriebslos, um sich zu überlegen, wie er das anstellen sollte.

„Sterben muss ich irgendwann ohnedies, zahlt sich gar nicht aus, sich anzustrengen", sagte er sich.

Der Gedanke, sich in einem anderen Hotel einen Job

zu suchen, war nur ein kurzes, kraftloses Aufbäumen seines Willens, hielt keine fünf Minuten an.

Argentinien schien ihm plötzlich verbraucht und alt, als würde es hier keine Perspektive mehr geben. Er fragte sich, ob er der Einzige war, der erkannte, dass es zu einem Land geworden war, das keine Zukunft mehr für seine Bewohner zu bieten hatte, das nur noch aus Gewohnheit funktionierte. Und von wegen „gute Luft"!

Buenos Aires fühlte sich für ihn an, als ob die sommerliche Hitze jederzeit dazu in der Lage wäre, jeden und alles umzubringen. Also blieb er liegen, aß nur, was der Bruder ihm von einem der Straßenstände vor dem Haus mitbrachte, stand nur auf, um seine Notdurft zu verrichten.

Nach zwei Wochen, die er ohne nennenswerte Körperpflege oder sinnvolle Gedanken verbracht hatte, raffte er sich auf und stellte sich unter die Dusche. Wusch sich alles vom Leib. Die López, das Hotel, die Feste der Rinderzüchter, die Hoffnungen, die Enttäuschungen, die Antriebslosigkeit und auch Argentinien. Er kaufte sich ein Ticket dritter Klasse nach Hamburg, ging zurück nach St. Vigil, um Fordi zu übernehmen. Der Bruder blieb.

Großeltern Maria und Franz Palfrader

Während seiner Überfahrt nach Europa war auch die Findel vollkommen überraschend an einer Lungenentzündung verstorben. Das sollte der Franz natürlich erst zu Hause erfahren. Er hatte sich noch gewundert, warum ihn die Mutter, wie in ihrem letzten Brief versprochen, nicht am Bahnhof von Bruneck erwartete. Es war nur eine seiner älteren Schwestern in Begleitung ihres Verlobten da. Ganz in schwarz gekleidet. Der Franz hat die Findel im Getümmel gesucht und die Schwester nicht erkannt. Umgekehrt die Schwester den Franz auch nicht, dafür war dieser viel zu elegant gekleidet und ein Mann geworden in Südamerika. Erst als der Bahnsteig fast leer war, beide ganz offensichtlich nach jemandem Ausschau hielten, trafen sich ihre Blicke. An ihrer Kleidung, ihrem Gesichtsausdruck und dass sie dastand wie jemand, der glaubt, gleich etwas Bedeutendes sagen zu müssen, erkannte der Franz, was passiert sein musste.

Diverse Streitigkeiten um die Beschriftung des Grabsteins, um die Aufteilung der ohnedies nicht wertvollen Schmuck- und Kleidungstücke, wer nun welches Zimmer bewohnen durfte und Ähnliches waren in den nächsten Tagen die beherrschenden Themen in der Familie. Nach dem Begräbnis von der Findel ging der Streit um das Erbe erst richtig los. Ein armseliger Versuch, die Trauer um die Mutter mit einem anderen Thema zu dämpfen, den Verlust erträglicher zu machen.

Der Franz pochte selbstverständlich darauf, den Hof zu übernehmen, der Bruder hätte auf sein Erbe zu seinen Gunsten verzichtet. Schließlich sei er nur deswegen aus Südamerika zurückgekehrt, habe alles aufgegeben dafür. Dass er dort ohnedies keine Zukunft für sich gesehen hatte, er es keine Sekunde mehr dort ausgehalten hätte, hat er natürlich nicht erwähnt.

Nach ein paar Tagen, in denen man sich, so gut es ging, aus dem Weg gegangen war und nur das Notwendigste miteinander besprach, machte der Franz einen Vorschlag.

„Der Hof wird verkauft, der Erlös aufgeteilt. Die kleinen Kinder kommen zu den Schwestern und jeder sucht sich ein neues Zuhause."

Begeistert war davon niemand. Aber weil es keine Gegenvorschläge gab, niemand eine andere Lösung parat hatte, einigte man sich auf den Verkauf des Hofes. Was sich als gar nicht so einfach herausstellen sollte. Denn der Franz hatte nur österreichische Papiere, war noch nicht offiziell Italiener, als er nach Südamerika ging.

Hatte nur Dokumente eines Staates, den es so nicht mehr gab. Er musste, um das Erbe antreten zu können, zuerst einmal um eine italienische Staatsbürgerschaft ansuchen. Der schmierige Zettel, den der Franz aus Argentinien mitgebracht hatte, auf dem sein Bruder den Verzicht auf das Erbe bestätigte, wurde von den Behörden als nicht legitim betrachtet.

Der Franz hatte schon aufgehört zu zählen, wie viele Briefe er nach Südamerika geschrieben hatte, wie oft er seinen Bruder gebeten hatte, zur italienischen Botschaft zu gehen, um dort zu bestätigen, dass er auf das Erbe zu seinen Gunsten verzichtet hatte. Nach mehreren Wochen kam endlich eine Antwort.

Womit der Franz allerdings nicht gerechnet hatte, war, dass sich die Botschaft in Buenos Aires für nicht zuständig erklären würde. Denn sein Bruder hatte ebenfalls nur österreichische Papiere, war für die Beamten der Botschaft demnach kein Italiener und sie schickten ihn zum Teufel.

Das bisschen Geld, das da war, ging für die Bestechung von Beamten sowohl in Südamerika als auch in Bozen, aber auch die Motivierung des Bruders drauf. Denn der ließ es sich bezahlen, dass er sich mit Behörden herumzuschlagen hatte.

„Schließlich riskiere ich hier meinen guten Ruf!“, schrieb der Bruder. Dem Franz war dieser Satz nur ein „Du Hundsfott“ wert.

Er griff sogar auf sein eigenes Erspartes zurück, ohne jemandem davon zu erzählen. Wozu auch? Hätte nur wieder für Streit oder Diskussionen gesorgt. Er wollte das Ganze so rasch als nur irgend möglich über die Bühne bringen, die Situation auf Fordi war für ihn unerträglich geworden.

Der Verkauf des Hofes und der Tiere an einen Onkel brachte nicht ganz die erwartete Summe, aber immerhin genügend, um die Ansprüche der Geschwister zu befriedigen. Denn alle waren gleichermaßen unzufrieden und damit konnten alle glücklich sein.

Es hat hübschere gegeben, keine Frage, aber die Maria war ihm gleich aufgefallen. Irgendwas an ihr gefiel ihm, er hätte aber nicht sagen können, was es war. Selbst als er darüber nachgedacht hat, sie genau beobachtet hatte.

„Ihre Augen? Nein. Ihre Figur, die Haare? Auch nicht. Weiß der Teufel! Ah! Vielleicht sind es ihre Zähne. Ich muss mir mal ihre Zähne genauer anschauen“, dachte er sich.

„Che é pa cösta möta?», hat der Franz eine seiner Schwestern am Kirchplatz nach der Sonntagsmesse gefragt. „Wer ist dieses Mädel?“

Einen kalten Blick und ein verächtliches Schnauben später sagte die Schwester: „Die Maria dal Tabac. Finger weg, die ist nix für dich! Die hat ein uneheliches Kind. Da, der kleine Bursche, der um die Angela herumrennt. Hat sie aus Meran mitgebracht. Gesündigt hat sie. Weiß der Teufel mit wem! Vielleicht sogar mit dem Leibhaftigen persönlich. Zutrauen würde ich es ihr. Keinen Anstand, dieses Luder, keinen Anstand! In der Hölle wird sie schmoren.“

Dem Franz war schon klar, dass eine Frau mit unehelichem Kind von der Dorfgemeinschaft als nicht gesellschaftsfähig eingestuft wurde, sich die wenigsten vorstellen konnten, jemanden wie sie zu heiraten. Ihm war das aber vollkommen egal. Die Hälfte der Leute, mit denen er in Buenos Aires befreundet war, hatten uneheliche Kinder. Oder waren selbst welche.

„Alles Kinder Gottes!“, dachte sich der Franz. Die Warnung seiner Schwester hatte sogar das Gegenteil bei ihm bewirkt. Die Maria wurde dadurch noch interessanter. Und noch etwas sprach für sie: Eine Frau mit Kind zu heiraten, würde bedeuten, sofort eine Familie gegründet zu haben. Dieser Gedanke gefiel dem Franz.

Zweckehe war es keine, das wäre übertrieben, aber nach ein paar Wochen, in denen man sich bei diversen Gelegenheiten ein wenig nähergekommen war, hatten die beiden beschlossen, dass eine Ehe wohl das Vernünftigste sein würde. Verliebt war sie nicht, die Maria. Auch nicht nach der Hochzeit. Irgendwann hat die Loise aufgehört zu fragen, ob die Maria schon ein bisserl mehr für den Franz empfinden würde. „Wofür denn? Ich mag ihn, das reicht vollkommen aus!“, war jedes Mal die Antwort. Gefallen hat er ihr aber schon. Nicht nur sein Gesicht, auch sein Auftreten, das so ganz anders war als das der jungen Männer im Dorf. Auch kleine Gesten, selbst die Erledigung alltäglicher Nebensächlichkeiten wirkten bei ihm immer wohlüberlegt, wurden ohne Hast und Eile erledigt. Selbst wie er sein Schneuztuch gefaltet hat, bevor er es zurück in seine Tasche steckte, gefiel ihr.

„Er macht alles so elegant!“, dachte sie sich.

Ja, sie hatte die richtige Wahl getroffen, mit dem kann man sein Leben verbringen. Und so groß war die Auswahl an Interessenten auch wieder nicht, dass sie hätte wählerisch sein können. Außerdem war der Franz ein toller Vater für den Buben. Vom ersten Tag an hat er ihn als seinen Sohn bezeichnet. Nach drei Wochen hat ihn der Bub zum ersten Mal Papa genannt. Für den Franz war die Maria die perfekte Frau, sein Stiefsohn der perfekte Sohn.

In den ersten beiden Jahre ihrer Ehe wohnten sie in Montal, im kleinen Haus, das die Loise von ihrer Tante geerbt hatte. Die Miete war so niedrig angesetzt, dass sie der Loise gegenüber fast schon ein schlechtes Gewissen hatten, so günstig wohnen durften sie.

Die Maria arbeitete als Köchin im Hotel Post, der Franz als Chef de Rang in einem Hotel in Bruneck. Deswegen sahen sie einander selten und wenn, auch nur kurz. Ihre Dienstzeiten hätten nicht unterschiedlicher sein können, ging der eine ins Bett, ging der andere zur Arbeit.

Ihren Sohn brachten sie untertags zur Angela, die sich um den Buben liebevoller als um jedes ihrer eigenen Kinder kümmerte. Wahrscheinlich, weil sie befürchtete, dass er – seiner unchristlichen Zeugung wegen – im Jenseits Furchtbares erleiden werde müssen und wenigstens ein schönes Diesseits haben sollte. Zumindest ließen diesbezügliche Bemerkungen, der Maria und dem Franz und vor allem dem Kind gegenüber, diesen Schluss zu.

„Ich bin ja auch froh, dass sie sich um ihn kümmert, aber sie soll das wenigstens vor dem Kind nicht mehr sagen! Der arme Bub glaubt, dass er verdammt ist. Gestern hat er mich gefragt, ob ich ihn in die Hölle begleiten werde, er will dort nicht allein sein“, sagte der Franz.

Die Maria mied solche Diskussionen mit ihrer Mutter, sie hatte auch keine Lust auf die endlosen Vorträge, die sie sich dann anhören hätte müssen, und sagte nichts.

Auch nicht, als der Bub mit triefend nassen Haaren vor ihr stand, als sie ihn aus dem Tabakhaus abholte.

„Weihwasser", sagte ihr Sohn und zeigte auf seinen Kopf. Der Maria war sofort klar, dass er das nicht selber getan hatte, dass das wirklich Weihwasser in den Haaren ihres Sohnes war.

Der Franz saß im Vorzimmer auf den Stufen zum ersten Stock, hatte eine Zeitung vor sich am Boden ausgebreitet und putzte seine Schuhe, als die Maria vollkommen außer Atem bei der Eingangstür hereinkam.

„Ich habe eine Idee!"

In St. Vigil gab es ein Haus, an dem die Maria jeden Tag am Weg in die Arbeit vorbeiging. Die Kaserne, wie es die Einheimischen nannten. Eigentlich eine Schule, die dem k. u. k. Militär gehörte, in der aber keine Soldaten, sondern österreichische Zollbeamte und Gebirgs-Gendarmen ihre Alpinausbildung bekamen. Aus ganz Süd- und Osttirol, aber auch aus Kärnten und dem Friaul waren sie früher hierhergekommen, um zu lernen, wie man sich im Gebirge zu verhalten hat.

Es stand schon lange leer, denn während des Krieges gab es keine Ausbildungskurse mehr. Und nach dem Krieg hatte die italienische Regierung das Gebäude zwar formell übernommen, aber keine Verwendung dafür. Weshalb es das italienische Militär einfach an die Gemeinde übergab.

Der Bürgermeister wusste auch nicht so recht, was er mit dem Haus anfangen sollte, verschob eine Entscheidung, was damit geschehen sollte, auf später. „Später" hat es dann oft geheißen, wenn in den Sitzungen des Gemeinderats jemand das Thema Kaserne angesprochen hatte. Die Entscheidung wurde dermaßen oft nach hinten verschoben, dass bald niemand mehr gefragt hat.

Und obwohl es im Winter nicht beheizt wurde und seit Jahren niemand darin mehr nach dem Rechten gesehen hatte, war es in einem hervorragenden Zustand. Nicht einmal eine Fensterscheibe, die von einem Ast oder einem Halbwüchsigen eingeschlagen worden wäre. Natürlich, die Fassade und alle Räume im Inneren benötigten dringend einen neuen Anstrich und alle Stromleitungen und auch die Heizung des Gebäudes waren komplett desolat, würden keine Sekunde funktionieren, das Gebäude wahrscheinlich bei Inbetriebnahme sofort in Brand stecken.

Das war aber nicht anders zu erwarten nach all den Jahren. Aber: Das Dach, der Putz, innen wie außen, die Holz- und Steinböden ... alles in perfektem Zustand. Und es war, was auch nicht ganz unwichtig ist, ein schönes Haus. Man könnte es – und das war die Idee, die die Maria hatte – mit relativ geringem Aufwand renovieren und zu einem Hotel umbauen. Denn Zimmer gab es genug, der Speisesaal war groß und eine Küche gab es sogar bereits.

„Der Bürgermeister wär doch froh, wenn er das Ding los ist. Wir müssten es ja nicht gleich kaufen, wir pachten es von der Gemeinde. Auf zwanzig Jahre, damit wir die Investitionen wieder hereinbekommen. Einen Teil der Renovierungsarbeiten könnten wir sogar selber machen. Ausmalen, zum Beispiel, oder Vorhänge nähen. Was meinst?"

Der Franz war sprachlos. So sehr er sich auch bemühte – und er strengte sich wirklich an, der Maria widersprechen zu können – es wollte ihm ums Verrecken kein Argument dagegen einfallen.

„Die ganze Welt ist verrückt nach Schifahren. Wir haben Berge, wir haben Schnee, das Einzige, was fehlt, ist ein Hotel!"

Und auch damit hatte die Maria vollkommen recht. Natürlich gab es in St. Vigil gelegentlich ein paar Wintersportler. Aber lange nicht so viele wie in Olang oder den anderen Ortschaften am Fuße des Kronplatzes.

Die paar wenigen Gäste, die kamen, übernachteten im Gasthof Post. Sie mussten sich mit den eher spartanisch eingerichteten Gästezimmern dort zufriedengeben. WC und Badezimmer selbstverständlich am Gang, jeweils eins für das ganze Stockwerk. Für die Touristen, vor allem für die wohlhabenden aus den großen deutschen Städten, eine Attraktion.

„Da werden sie zu Hause Augen machen, wenn wir das erzählen", sagten sie.

„Schließlich hat man eine Woche wie die Leute hier gelebt und sich auch von deren Essen ernährt, muss man sich mal vorstellen! Richtiges Bergbauernessen. Wie Einheimische, ganz primitiv! Verstehen tut man sie natürlich nur, wenn sie ganz langsam sprechen, aber freundlich sind sie. Und sie riechen herrlich nach Stall, da fühlt man sich so richtig mit der Natur verbunden."

Vor allem die älteren St. Vigiler schüttelten fassungslos den Kopf, wenn sie Schifahrer sahen.

„Ohne dass die müssten!", sagten die einen.

„Fährt den Berg herunter und nimmt nicht einmal Heu mit, der Depp!", die anderen.

Der Franz hatte das Glück, dass die Maria und er einander zwei Tage lang nicht begegneten. Er konnte in Ruhe über das Hotel nachdenken. Was den Dienstplänen ihrer Arbeitgeber geschuldet war, denn die Maria hätte ihm niemals so viel Zeit gelassen, eine Entscheidung zu treffen. Vor allem nicht, wenn er nicht ihrer Meinung war.

Es war Sonntag, beide hatten ihren freien Tag und der Bub war schon im Bett. Sie saßen in der Stube, beide mit dem Rücken an den warmen Ofen gelehnt.

„Wir hätten nur den Sommer und den frühen Herbst und die Wintersaison. Den Frühling können wir vergessen, da kommt keiner. Zu wenig Schnee fürs Schifahren, zu viel fürs Bergwandern oder Bergsteigen. Wir hätten also nur acht, wenn wir Glück mit dem Wetter haben, maximal neun Monate im Jahr Zeit, etwas zu verdienen. Und ganz abgesehen davon: Unsere Ersparnisse reichen sicher nicht aus, um das alles umzubauen. Selbst, wenn wir die Hälfte selber machen. Die Bank gibt uns doch keinen Heller!"

Die Maria hatte dem Franz noch nichts von den Münzen erzählt gehabt, wollte damit warten, bis der richtige Zeitpunkt gekommen war. Sie stand auf, nahm ein Paket aus einer Lade und gab es dem Franz. Sie deutete mit den Augen, dass er es öffnen sollte.

Das war nicht die einzige Überraschung für den Franz in dieser Woche, denn die Gemeinde wollte keinen Pachtvertrag für die Kaserne abschließen, sie wollte verkaufen. Ein Straßenprojekt stellte sich als teurer heraus als geplant, die Gemeinde brauchte dringend Geld für die Fertigstellung.

Wäre besser gewesen, das dem Franz nicht vorher zu erzählen. Denn der erwies sich als außerordentlich geschickter Verhandler, bekam das Gebäude inklusive fast 3000 Quadratmetern Grund für einen sensationellen Preis.

Die Maria und der Franz konnten jetzt zwar nur etwa die Hälfte der Zimmer renovieren, aber für den Anfang würde das ohnedies reichen. Der Umbau dauerte zwar um ein paar Monate länger und wurde auch – wenig überraschend – teurer als geplant, aber das Hotel Belvedere öffnete seine Pforten im Sommer 1929.

Ein ehemaliger Kollege aus der Küche des Brunecker Hotels wurde angestellt. Und ein paar Burschen und Mädchen aus dem Dorf wurden vom Franz in einem Schnellkurs zu Kellnerinnen, Hausburschen und Stubenmädchen ausgebildet. Oft erfuhren die jungen Leute erst zu Dienstbeginn, in welcher Funktion sie den Rest des Tages zu arbeiten hätten.

Nach einer eher durchwachsenen ersten Sommersaison, in der man gerade einmal genug Geld verdient hatte, um die Gehälter und Rechnungen der Lieferanten zu bezahlen, und einer nicht weniger katastrophalen Herbstsaison hatte der Franz nur zwei Tage vor dem Schließen des Hotels nicht mehr damit gerechnet, noch Zimmer zu vermieten.

Das Personal war bereits darauf eingestellt, ein paar Tage Ruhe zu haben. Und der Franz hatte geplant, das Haus nach der Herbstsaison auf den Winter umzurüsten, kleinere Reparaturen entweder selbst durchzuführen oder sie zu beauftragen, was angesichts der leeren Kassa nicht wahrscheinlich war.

Außergewöhnlich war auch, dass die Reservierung so kurzfristig, nur drei Tage vor der Ankunft der Gäste, und telefonisch erfolgte, nicht mit einem Telegramm wie üblich.

Man wolle zur Jagd, einen Gamsbock, idealerweise auch einen Adler schießen. Das sei vonseiten des Hotels zu organisieren. Vier Einzelzimmer, die besten des Hauses, Vollpension selbstverständlich und Verpflegung während der Jagd wurden geordert. Man bestehe bei der Abholung vom Brunecker Bahnhof auf Pünktlichkeit, man verachte den alpenländischen Schlendrian. Man reist mit großem Gepäck an, man wird einen eigenen Wagen dafür brauchen. Die Reisegesellschaft ist aus Hamburg, also bitte jemanden zu schicken, der ordentlich Deutsch spricht und nicht nur dialektalen Kauderwelsch, man sei ja schließlich nicht in Afrika bei den Wilden.

Schon am ersten Abend, schon vor dem Abendessen waren die Jagdgäste sturzbetrunken. Zuerst Schnaps und Bier, dann eine Flasche Champagner nach der anderen wurden geordert und innerhalb kürzester Zeit gesoffen.

„Nein, die vier da trinken nicht, das ist definitiv saufen", dachte sich der Franz.

„Ein Reeder oder jemand mit einer Fangflotte an Fischerbooten, ein Bankier oder zumindest ein hohes Tier in einer Bank, der eine ist zu hundert Prozent ein Händler!", da war sich Franz sicher.

Aber womit der Vierte sein Geld verdiente, konnte er sich beim besten Willen nicht zusammenreimen. Und das, obwohl er schon ein paar Stunden immer wieder Gespräche der Männer mitgehört hatte, beim Servieren der Speisen und Getränke.

Außer vom deutschen Volk und seiner Bestimmung, die Welt zu regieren, der Überlegenheit der germanischen Rasse, den Juden, denen man endlich zeigen sollte, wer Herr im Haus ist, und den großen Zeiten, die jetzt anbrechen werden, hatte der vierte Mann nichts zu sagen. Wobei ihm dabei bemerkenswert viel Speichel aus dem Mundwinkel tropfte, der bereits Flecken auf seinem Hemd hinterließ.

Dass die Narben in ihren Gesichtern Schmisse waren, wusste der Franz nicht. Er hielt sie für das Ergebnis eines Unfalls, den die vier ganz offensichtlich miteinander gehabt haben mussten.

Da die Jagdgesellschaft die einzigen Gäste des Hauses waren, erlaubte der Franz dem Servicepersonal nach dem Abräumen des Tisches, auf die Zimmer zu gehen. Die Maria war ebenfalls schon allein in der Küche, machte nur noch ein paar letzte Handgriffe.

„Kannst du noch ein paar Speckbrote für die Gäste machen?“, rief der Franz durch die halb geöffnete Tür in die Küche.

„Ich muss ins Bett! Ich muss morgen einkaufen für die Gäste. Hab ja nichts mehr da und die wollen vier Gänge haben. Mittags und am Abend. Sag ihnen einfach ‚Toffe te le cü‘ und schick sie auf ihre Zimmer“, sagte die Maria.

Was wörtlich übersetzt „Rieche deinen Arsch!“, also das Äquivalent zum deutschen „Leck mich am Arsch!“ ist.

„Bist verrückt?! Allein mit dem, was die heute gesoffen haben, haben wir mehr Umsatz gemacht als bisher in der Saison! Wenn die nicht umfallen, bleib ich auch stehen! Geh du nur schlafen, ich mach die Brote schon selber.“

Es war mehr eine Verlegenheit, als der Versuch zu betrügen. Dem Franz war es peinlich, dass er keinen Champagner mehr hatte. Er nahm also den Prosecco, den er noch im Getränkelager fand, einen Trichter und befüllte eine der leeren Schampusflaschen. Dass die vier, selbst in diesem Zustand, schmecken würden, dass das unmöglich Champagner sein könne, war dem Franz klar. Deswegen ging er in den Hühnerstall hinter dem Haus, schlachtete ein Huhn und ließ das Blut aus dem Hals des Tieres direkt in eine kleine Kanne fließen.

„Meine Herren, es ist an der Zeit, Ihnen etwas Besonderes zu servieren! Wir haben das Glück, dass mein Schwager gerade eben einen Hirschen erlegt hat. In dieser Kanne haben wir sein Blut. Wenn Sie mir erlauben, werde ich Ihnen jetzt einen außergewöhnlichen Champagner-Cocktail zubereiten. Wir nennen ihn ‚Jägerblut'!"

Grunzen und Grölen war die Reaktion. Blut mit Schaumwein zu mischen, war natürlich nicht seine Idee. Das hatte er auf einer mehr als seltsamen Party in Buenos Aires gesehen. Der Name für das Getränk und den Deutschen einzureden, es wäre das Blut eines Hirschen, ist ihm selber eingefallen und er war sehr stolz darauf. Zwei weitere Hühner mussten ihr Leben lassen, um aus Prosecco „Jägerblut" machen zu können.

Dass die vier im Anschluss an diese Nacht in mehrfacher Hinsicht einen hohen Preis für ihr Gelage bezahlen mussten, merkten die Zimmermädchen als Erste. Sowohl die Badezimmer als auch die WCs waren in einem unfassbaren Zustand, sahen aus wie ein Schlachtfeld.

„Wenn wir das alles neu verfliesen, geht es sicher schneller, das sauber zu bekommen", sagte eines der Mädchen zum Franz, der gerufen wurde, um die Verwüstung zu begutachten.

„An die Arbeit, meine Damen, das stellen wir einfach in Rechnung. Für den heutigen Tag gibt's den doppelten Lohn!", sagte der Franz.

Auf die Jagd ist keiner von den vieren gegangen. Auch nicht in den Tagen danach. Jägerblut zu trinken, hat offenbar ausgereicht, um ihre Jagdlust zu befriedigen. Ohne ein Tier erlegt zu haben, aber trotzdem hochzufrieden reisten sie ab, versprachen, Werbung für dieses großartige Hotel daheim in Deutschland zu machen.

Und sie dürften Wort gehalten haben, denn zwei Wochen später waren sämtliche Zimmer, die verfügbar waren, für die Wintersaison ausgebucht. Der Franz stellte den ältesten Halbbruder Marias an, der begann, die restlichen Zimmer nach und nach in Hotelzimmer zu verwandeln. Die Männer seiner Schwestern engagierte er dann als Bergführer und Schilehrer, als Kofferträger, Kutscher und Hilfsköche, je nachdem, was gerade zu erledigen war.

Die Maria und der Franz arbeiteten sieben Tage die Woche, gönnten sich keine Sekunde Ruhe und nur fünf Stunden Schlaf pro Nacht. Eine brillante Idee Marias sorgte dafür, dass vor allem die Wintersaison in den nächsten Jahren unglaublich erfolgreich war, das Hotel regelrecht gestürmt wurde. Sie organisierte Schlittenfahrten, die die Schifahrer über Viehtrieb- und Forstwege zu einer Hütte brachten, die zur Labstation umgestaltet wurde, in der es Glühwein, Tee mit Rum und Speckbrote gab.

So ersparten sich die Touristen den mühsamen Aufstieg, denn Schilifte oder gar eine Gondel wie auf die Rax in Niederösterreich gab es nicht. Zeitweise waren vier Schlitten unterwegs. Ein gutes Geschäft für alle Beteiligten. Die Abrechnung der Fahrten und der Verpflegung am Berg erfolgte über das Belvedere, was ohne großen Aufwand an Personal für ein kräftiges Umsatzplus sorgte.

In der Küche war die Maria nur noch selten anzutreffen; nur wenn jemand krank wurde oder aus irgendeinem Grund das Chaos ausbrach, band sie sich die Schürze um. Ansonsten saß sie in ihrem Büro hinter einem großen Schreibtisch, den sie sich von einem Tischler nach ihren Vorstellungen hatte anfertigen lassen. Die Aufgaben im Belvedere waren, ohne dass die beiden jemals darüber geredet oder sich etwas Diesbezügliches ausgemacht hätten, perfekt verteilt. Sie hatte Geld, die Rechnungen und die Steuer im Griff, er das operative Geschäft und die Gästebetreuung über.

Der Franz las gerade in der Zeitung einen Artikel über die Machtübernahme Hitlers, als ihm die Maria sagte, dass sie schwanger wäre.

„Perfekt!", dachte sich der Franz.

Die 1.000-Mark-Sperre sorgte für ein Rekordjahr. Sie galt zwar nur ein paar Monate, war ein reines Propagandavehikel, aber wenn man aus dem Deutschen Reich nach Österreich wollte, musste man vor der Ausreise tausend Reichsmark bezahlen. Ein Vielfaches eines durchschnittlichen Monatsgehalts. Damit nahm, wie von der deutschen Regierung erwünscht, der Tourismus in Österreich großen Schaden.

Südtirol war Italien und eine perfekte Alternative zu Salzburg oder Tirol. Nach nur fünf Jahren waren der Kaufpreis der Kaserne und alle Investitionen zurückverdient. Ab jetzt würde man in die eigene Tasche wirtschaften, etwas aufbauen können. Nach der Geburt des ersten gemeinsamen Kindes, eines Sohns, wurde zwei Jahre später ein Mädchen geboren.

Mit dem Anschluss Österreichs an Deutschland war der Zauber vorbei. Nicht sofort, denn ein paar der

Stammgäste hatten schon Anzahlungen für die nächste Saison geleistet. Kamen, obwohl Salzburg oder Innsbruck so viel mehr zu bieten gehabt hätten. Bei jeder sich bietenden Gelegenheit wurde das dem Franz und seinen Angestellten aufs Brot geschmiert. Nächstes Jahr würde Salzburg ihr Ziel sein.

„Da braucht man jetzt kein Geld mehr zu wechseln, wird nicht betrogen und belogen dabei. Man kann ja jetzt alles in Reichsmark bezahlen, gehört zu uns, wo sie hingehört, die Ostmark. Ist ja auch die Heimat des Führers, wo kämen wir da hin, wenn das Ausland wäre?"

Abend für Abend die gleichen oder zumindest ähnlichen Sprüche.

Damit war auch klar, dass es mit dem Tourismus, wie man es bisher gewohnt war, nicht mehr lange laufen würde, der Traum, im eigenen Hotel ein sorgenfreies Leben führen zu können, in absehbarer Zeit vorbei sein würde. Mit den Schigebieten in der „Ostmark" konnte St. Vigil nicht mithalten. Keine Schilifte, Nobelrestaurants, Juweliere oder Geschäfte, in denen sie die neuesten Wintersportartikel verkauften. Nichts von all dem Luxus, den sich die wohlhabenden Touristen erwarteten, wurde hier geboten.

Der Franz saß auf dem Bett und zog sich die Schuhe aus.

„Das Grausame ist doch", dachte er sich, „dass die Arbeit noch anstrengender ist, wenn man dabei wenig verdient." Auf seinem Nachttisch lag das Rezeptionsbuch, das er jeden Abend mit aufs Zimmer nahm. Sicherheitshalber, damit dem Buch ja nichts geschehe.

Und um sich auf An- und Abreisen für den Morgen vorzubereiten. Um nichts zu übersehen.

Er hätte nicht einschlafen können, ohne noch einen Blick hineinzuwerfen. „Heute haben schon wieder zwei Gesellschaften storniert. Deutsche, die keine Anzahlung geleistet haben. Zwölf Leute wären es gewesen. Nicht einmal ein Viertel der Zimmer sind belegt. Und auf die italienischen Touristen können wir lange warten, die gehen alle nach Cortina. Keine Ahnung, wie das weitergehen soll", sagte die Maria, die schon im Bett lag.

Frustriert legte er sich zu seiner Frau, wissend, dass er beim Aufwachen wieder weniger Haare auf seinem Schädel, dafür jede Menge davon auf dem Kopfpolster finden würde. Er griff zur Nachttischlampe und es wurde finster im Zimmer.

„Ich bin schwanger", sagte die Maria.

Hitler und Mussolini einigten sich auf den „Stahlpakt", die jahrelange Unsicherheit, was mit Südtirol geschehen sollte, war geklärt. Hitler war der Ansicht, dass der Brenner eine natürliche Grenze zweier Kulturen und Völker darstellte, die es zu respektieren galt. Deshalb gab es – vereinfacht gesagt – für die Bevölkerung Südtirols zwei Möglichkeiten: entweder ins Deutsche Reich übersiedeln und ihre Kultur behalten oder bleiben und Italiener werden.

Die ladinische Bevölkerung wurde auf Druck der italienischen Regierung ebenfalls in die Umsiedlungspläne einbezogen. Man wollte sie loswerden, die Ladiner. Denn die zweite Italienisierungswelle, die bereits

1928 begonnen hatte, war nicht sonderlich erfolgreich. Und das, obwohl man vor allem Gewerbetreibende mit Schikanen zum Beitritt zur faschistischen Partei bringen wollte. Sie sollten ihre ladinische Identität ablegen und das Bekenntnis ablegen, Teil des italienischen Staates zu sein. Sie sollten einsehen, dass sie Bergitaliener waren, deren Zivilisierung mit Kaiser Augustus begonnen hatte und jetzt abgeschlossen werden sollte.

Der Bäcker saß an einem Nachmittag beim Franz an der Bar und trank Rotwein mit ihm. Sein Zorn war ihm anzusehen, der Wein hatte noch keine Wirkung gezeigt. Er war beim Franz, um ihm zu erklären, warum Brot und Gebäck fürs Belvedere ab sofort viel später geliefert werden würden. Denn den Bäckern war es verboten worden, ihre Backstuben vor fünf Uhr früh zu betreten. Sie durften nicht einmal ihre Öfen vorheizen. Was absurd war, wie erwähnt, reine Schikane. Damit war es unmöglich, das Brot rechtzeitig zu backen, unmöglich, dass die Holzknechte, bevor sie in den Wald aufstiegen, sich mit Proviant versorgen konnten.

„Tritt halt der Partei bei, du sturer Bock! Was kümmert's dich!?“, hatte einer der Holzknechte dem Bäcker über den Tresen zugerufen, weil er es satthatte, entweder hartes oder halb gebackenes Brot zu essen.

„Umgezogen haben wir uns natürlich schon vorher. Sind aber auf der Bank vor der Backstube gesessen, bis genau fünf Uhr! Keinen Handgriff haben wir vorher gemacht, das schwör ich dir auf alle Heiligen! Kaum sind wir in die Stuben, kommt ein italienischer Carabiniere bei der Tür herein, ein Offizier. Sagt, dass wir zu früh begonnen haben, weil auf seiner Uhr ist es fünf vor fünf! Eine saftige Strafe werd ich zahlen müssen. Wenn es nochmal passiert, nehmen sie mir die Gewerbeberechtigung weg, hat er gesagt, das Dreckschwein, das dreckige! Ich werde gehen", sagte der Bäcker dem Franz, „ich will nach Österreich!"

„Österreich gibt's nimma", sagte der Franz, der ähnliche Versuche der Behörden immer abwehren konnte, indem er den jeweiligen Vertreter an der Bar mit Schnaps abfüllte und so seine Ruhe hatte. Er selber hatte auch schon überlegt, war bis jetzt zu keiner Lösung gekommen; weil die Maria zu diesem Thema noch keinen Satz gesagt hatte, schwieg er auch.

Ein Riss ging durch Ortschaften wie Familien gleichermaßen. Auf der einen Seite die Dableiber, auf der anderen die Optanten. Einer versuchte sogar, sich im Gebälk seines Stalles zu erhängen, weil er nicht wusste, ob er bleiben oder gehen sollte. Man hat ihn in letzter Sekunde vom Strick holen können.

Viele, die sich fürs Bleiben entschieden, änderten ein paar Tage später ihre Meinung und umgekehrt. Kein Wunder, denn für die Ladiner hatte das Verlassen der Heimat noch weitreichendere Auswirkungen als für die Deutsch-Südtiroler. Den Verlust der Muttersprache. Andererseits drohte der in Italien auch. Waren den Habsburgern die ladinischen Familiennamen zu Italienisch und mussten geändert werden, waren sie jetzt zu Deutsch. Eine Arbeit in einem Amt, bei der

Bahn oder sonst einer staatlichen Stelle zu bekommen, war zwar nicht unmöglich, aber schwierig geworden.

„Ändere deinen Namen, tritt der Partei bei, dann kann ich etwas für dich tun", hörten sie oft, die Ladiner. Von den Bauern wollten fast alle bleiben, bei den anderen war es umgekehrt.

Der Ausbruch des Zweiten Weltkrieges und die Geburt des vierten gemeinsamen Kindes, der jüngsten Tochter, passierten innerhalb von nur wenigen Stunden, die finanzielle Situation der Familie wurde in der Folge immer schwieriger. Die Maria und der Franz sahen keine Zukunft mehr in St. Vigil, beschlossen wegzugehen und in der „Ostmark" neu anzufangen.

„Jetzt geht das noch, in ein paar Jahren sind wir zu alt dafür", sagte die Maria.

Ein Bozner Getränkegroßhändler, über den das Belvedere italienische Rotweine und andere Spezialitäten bezog, wollte dem Franz das Hotel abkaufen. Der Franz kannte ihn seit Jahren, wusste, dass er ein guter Freund von Michael Gamper war. Gamper war Journalist und Priester, ein entschiedener Gegner der Option auf der einen und des Faschismus und Nationalsozialismus auf der anderen Seite.

Obwohl ihm der Händler einen guten Preis fürs Belvedere bot, versuchte er gleichzeitig, den Franz und die Maria zum Dableiben zu überreden.

Ohne Erfolg, sie verkauften das Belvedere und kauften am 15. April 1941 das Hotel Mieslingtal in Spitz an der Donau im heutigen Niederösterreich, das sie am 12. Mai 1941 eröffneten.

Für die Kinder, die allesamt keine Silbe Deutsch sprachen, eine schwierige Umstellung. Vor allem für die beiden älteren, die in einem Klassenzimmer saßen, ohne die Lehrer oder Mitschüler zu verstehen. Der Franz und die Maria sprachen nur noch im Schlafzimmer Ladinisch, denn sie wurden mehr als deutlich darauf hingewiesen, gefälligst Deutsch zu reden.

Nach dem Tod Mussolinis und der Besatzung Südtirols durch deutsche Truppen mussten alle fünf Halbbrüder Marias in die Wehrmacht einrücken. Nur zwei kamen aus dem Krieg zurück.

„Drei Buben sind im Krieg geblieben", sagte die Angela und klang dabei, als ob der Krieg ein sicherer Ort wäre, es ihren Söhnen gut ginge, sie nur gerade mit etwas anderem beschäftigt waren und deshalb nicht nach Hause kommen konnten.

Marias erster Sohn wurde, auf dem Weg nach Spitz an der Donau, beim Umsteigen am Innsbrucker Bahnhof von einem Rekrutierungstrupp mit jeder Menge Schnaps dazu überredet, sich freiwillig zu melden. Es kam ein einziger Brief aus der Normandie, später eine Vermisstenmeldung. Nach Hause gekommen ist er nie.

Der Franz hat den Krieg zwar überlebt, aber auch nicht lange. Ein paar Jahre später hat der Krebs ihm seinen Magen und das Gedärm zerfressen. Nur 51 Jahre hat er alt werden dürfen.

„Dein Großvater hat nur zwei Fehler in seinem Leben gemacht", sagte die jüngste Schwester vom Franz ein paar Leben später einem seiner Enkel.

„Der erste Fehler war: Er ist aus St. Vigil weggegangen. Und der zweite: Er ist nicht zurückgekommen."

„Ja", dachte der Enkel, „aber wär er zurückgegangen, gäb's mich halt nicht. Ich bin also das Ergebnis einer Fehlentscheidung. Auch nicht angenehm, das zu wissen." Gesagt hat er aber nichts.

Dankeschön / Der bel iolang

Luise Obwegs
Anna Maria Palfrader
Paul Videsott
Petra Palfrader
Daniela Willeit
Rita Palfrader
Marina Hofinger